人间王国

El reino de este mundo

[古巴] 阿莱霍·卡彭铁尔 著

盛力 译

人民文学出版社

著作权合同登记号　图字 01-2023-3057

Alejo Carpentier
El reino de este mundo

Copyright © Alejo Carpentier, 1949 and Fundacion Alejo Carpentier
Simplified Chinese translation copyright © 2021
by Shanghai 99 Readers' Culture Co., Ltd.
All rights reserved.

图书在版编目(CIP)数据

人间王国/(古)阿莱霍・卡彭铁尔著;盛力译
.—北京:人民文学出版社,2021(2024.3 重印)
（卡彭铁尔作品集）
ISBN 978-7-02-016523-0

Ⅰ.①人… Ⅱ.①阿…②盛… Ⅲ.①长篇小说-古巴-现代 Ⅳ.①I751.45

中国版本图书馆 CIP 数据核字(2020)第 135794 号

责任编辑　朱卫净　欧雪勤　周　展
封面设计　赵　瑾

出版发行　人民文学出版社
社　　址　北京市朝内大街 166 号
邮政编码　100705

印　　制　上海盛通时代印刷有限公司
经　　销　全国新华书店等

开　　本　889 毫米×1194 毫米　1/32
印　　张　4.875
字　　数　76 千字
版　　次　2021 年 7 月北京第 1 版
印　　次　2024 年 3 月第 3 次印刷

书　　号　978-7-02-016523-0
定　　价　79.00 元

如有印装质量问题,请与本社图书销售中心调换。电话:010-65233595

大师中的大师——卡彭铁尔（代序）

陈众议

拉美"文学爆炸"早已尘埃落定，但有关讨论却一直没有终结，在可以想见的未来也难有定论。自从世纪之交转向更为古老的西班牙文学，我已经很少再就拉美文学发声了。这次是个例外：应了老朋友黄育海先生和心仪的九久读书人之约，得以重拾旧梦，聊慰契阔之情。

说起拉美文学，大家首先想到的也许是加西亚·马尔克斯，殊不知先他进入世界文坛聚光灯下的却另有其人。譬如聂鲁达，又譬如阿斯图里亚斯，再譬如卡彭铁尔，等等。后者便是今天的男主角。至于女主角，则可能是九久读书人中的某一位编辑，她的芳名我就不提了。

一、浪子回头

帕斯的名言是"只有浪子才谈得上回头"。此话贴合几乎所有现当代拉美作家。他们囿于各种原因离开美洲大陆,到古老的欧洲寻宝;但开启宝藏之门的并非《阿里巴巴和四十大盗》中的芝麻秘诀,而是蓦然回首。

阿莱霍·卡彭铁尔(Alejo Carpentier,1904—1980)出生在哈瓦那,父亲是法国建筑师,母亲是俄国钢琴家。由于家庭背景特殊,他从小在法国、奥地利、比利时和俄国上学。以上是作家生前的自述。而今,学界有心人经过好一番探赜索隐,发现事实也许未必如此。虽然卡彭铁尔天资不凡,从小精通多种语言,并在建筑、音乐、文学等领域颇有造诣,但出身并不显赫。据后来的传记,他降生于瑞士的一个极为普通的人家,童年时期随父母移民古巴,定居在一个叫作阿尔基萨的乡下小镇。为贴补家用,他小时候一边上学,一边做小工,譬如早晨给临近的居民送牛奶。① 青年时期他因参与反独裁活动,一度遭当局通缉,甚至锒铛入狱。

他的文学兴趣迸发于二十世纪二十年代。一九二三年,他

---

① https://www.biografiasyvidas.com/biografia/c/carpentier.htm.

在巴黎与同时身处法国的阿斯图里亚斯不期而遇,并双双加入布勒东的超现实主义阵营,尽管因为寂寂无名,并未被后者列入超现实主义诸公名单。为此,他与阿斯图里亚斯携手创办了第一份西班牙语超现实主义刊物《磁石》,尔后又殊途同归,开创了魔幻现实主义。

至此,花开两朵,我只能因循先人,各表一枝。

先说"寻根运动"。它无疑是对现代主义、先锋派和世界主义的反动,也是拉美文学真正崛起的重要原动力之一。二十世纪二三十年代,针对现代主义和汹涌而至的先锋思潮和世界主义,墨西哥左翼作家在抵抗中首次聚焦于印第安文化,认为它才是美洲文化的根脉和正宗。同时,正本清源也是拉美作家摆脱西方中心主义的不二法门。由是,大批左翼知识分子开始致力于发掘古老文明的丰饶遗产,大量印第安文学开始重见天日。"寻根运动"因兹得名。这场文学文化运动旷日持久,而印第安文学,尤其是印第安神话传说的重新发现催化了拉美文学的肌理,也激活了拉美作家的一部分古老基因。魔幻现实主义等标志性流派随之形成,并逐渐衍生出了以卡彭铁尔、阿斯图里亚斯、鲁尔福、加西亚·马尔克斯等为代表的一代天骄。我国的"寻根文学"直接借鉴了拉美文学,并已然与之产生了具有深远影响的耦合和神交。同时,基于语言及政治经济和历史文化等千丝万缕的联系,西方文学思潮依然对后殖民地国家产生了巨大影响。用卡彭铁尔的话说是"反作用"。它们迫使拉美作家在借鉴和扬弃中确立自己的主体意识或身份自觉。于是,在"寻根运动"、魔幻现实主义和形形色色的作用力和反作用力的催化下,结构现实主义、心理现实主义、社会现实主义等带有鲜明现实主义色彩的文学流派相继衍生,其作品在拉美文坛如雨后春笋般大量涌现,一时间令世人眼花缭乱。人们遂冠之以"文学爆炸"这般响亮的称谓。

再说魔幻现实主义。它发轫于二十世纪三十年代,而始作俑者恰恰是卡彭铁尔和阿斯图里亚斯。卡彭铁尔曾经这样宣称:"我觉得为超现实主义效力是徒劳的。我不会给这场运动增添光彩。我产生了反叛情绪。我感到有一种要表现美洲大陆的强烈愿望,尽管还不清楚如何为之。这个任务的艰巨性激励着我。我除了阅读所能得到的一切关于美洲的材料之外没做任何事。我眼前的美洲犹如一团云烟,我渴望了解它,因为我有一种信念:我的作品将以它为题材,将有浓郁的美洲色彩。"[1] "这是因为美洲神话的源头远未枯竭,而这是由美洲的原始风光、它的构成和本原、恰似浮士德世界中的印第安人和黑人在这块大陆

---

[1] Carpentier: *Confesiones sencillas de un escritor barroco*, La Habana: Revista Cubana, 1964, XXIV, pp.22—25.

上的存在、新大陆给人的启示以及各个人种在这块土地上的大量混杂所决定的。"① 同时，超现实主义对他产生的影响又是毋庸讳言的，并且是至为重要的。它使卡彭铁尔发现了美洲的神奇现实（又曰魔幻现实）。卡彭铁尔说："对我而言，超现实主义有着十分重要的意义。它启发我观察以前从未注意的美洲生活的结构与细节……帮助我发现了神奇现实。"② 同样，阿斯图里亚斯说："超现实主义是一种反作用……它最终使我们回到了自身：美洲的印第安文化。谁叫它是一个耽于潜意识的弗洛伊德主义流派呢？我们的潜意识被深深埋藏在西方文明的阴影之下，因此一旦我们潜入内心的底层，就会发现川流不息的印第安血液。"③

卡彭铁尔与阿斯图里亚斯不谋而合。因为，在反叛和回归中，他们发现了美洲现实的第三范畴：神奇现实或魔幻现实。阿斯图里亚斯说："简言之，魔幻现实是这样的：一个印第安人或混血儿，居住在偏僻的山村，叙述他如何看见一朵彩云或一块巨石变成一个人或一个巨人……所有这些不外乎村人常有的

---

① Carpentier: "Prólogo a *El reino de este mundo*", México: Fondo de Cultura Económica, 1949, pp.1—3.
② Carpentier: *Confesiones sencillas de un escritor barroco*, p.32.
③ Alvarez, Luis: *Diálogos con Miguel Angel Asturias*, México: Fondo de Cultura Económica, 1974, p.81.

幻觉，谁听了都觉得荒唐可笑、不能相信。但是，一旦生活在他们中间，你就会意识到这些故事的分量。在那里，尤其是在宗教迷信盛行的地方，譬如印第安部落，人们对周围事物的幻觉能逐渐转化为现实。当然那不是看得见摸得着的现实，但它是存在的，是某种信仰的产物……又如，一个女人在取水时掉进深渊，或者一名骑手坠马而亡，或者任何别的事故，都可能染上魔幻色彩，因为对印第安人或混血儿来说，事情就不再是女人掉进深渊了，而是深渊带走了女人，它要把她变成蛇、温泉或者任何一种他们相信的事物；骑手也不会因为多喝了几杯才坠马摔死的，而是某块磕破他脑袋的石头在向他召唤，或者某条置他于死地的河流在向他招手……"[1]

二、豁然开朗

二十世纪三十年代，卡彭铁尔在长篇小说《埃古-扬巴-奥》(1933)中初试牛刀。小说由三部分组成。第一部分写主人公梅内希尔多的童年时代，展示了黑人文化对主人公的最初影响：刚满三岁，梅内希尔多被爬进厨房的蜥蜴咬了一口。照

---

[1] Lowrence, G. W.: "Entrevista con Miguel Angel Asturias", *El Nuevo Mundo*, 1970, I, pp.77—78.

料四代人的家庭医生老贝鲁阿赶紧在茅屋里撒一把贝壳，坐在孩子的床头上向着"主神"喃喃祷告。第二部分是主人公的少年时代，写他如何从一个少不更事的"族外人"变成一个笃信伏都教的"族内人"。第三部分叙述他为了部族的利益，不惜以身试法。结果当然不妙：他不但身陷囹圄，受尽折磨，而且最终死于非命。与此同时，黑人无视当局的禁令，化装成妖魔鬼怪，奏响了古老的鲁库米、阿拉拉和贡比亚，跳起了长蛇舞。

在《一个巴洛克作家的简单忏悔》中，卡彭铁尔对《埃古-扬巴-奥》的创作思想进行了回顾，他概括说："当时我和我的同辈'发现'了古巴文化的重要根脉：黑人……于是我写了这部小说，它的人物具有相当的真实性。坦白地说，我生长在古巴农村，从小和黑人农民在一起。久而久之，我对他们赖以生存的宗教仪轨产生了浓厚兴趣。我参加过无数次宗教仪式。它们后来成了小说的'素材'……它们使我豁然开朗，因为我发现作品中最深刻、最真实、最具世界意义的，都不是我从书本里学来的，也不是我在以后二十年的潜心研究中得出的。譬如黑人的泛灵论、黑人与自然的神秘关系以及我孩时以惊人的模仿力学会的黑人祭司的种种程式化表演。"[①]

---

① Carpentier：*Confesiones sencillas de un escritor barroco*，pp.33—34.

然后是《人间王国》，它和阿斯图里亚斯的《玉米人》被并称为魔幻现实主义的定音之作，而且同时发表于一九四九年。它们是美洲集体无意识的艺术呈现。过去人们一提到魔幻现实主义，就会想当然地援引加西亚·马尔克斯的话，即拉丁美洲是一片神奇的土地，他的每一句话都有案可稽。他并且据此否定自己是魔幻现实主义作家。然而，他笔下的神奇并非看得见摸得着的现实，而是"人间王国"中人的内心世界。

《人间王国》由四部分组成。第一部分写海地黑人蒂·诺埃尔的内心世界，动因之一是十八世纪末黑人领袖麦克康达尔发动的武装起义。但后者实际上只是蒂·诺埃尔迂回曲折的意识流长河中的一个旋涡，一段插曲。麦克康达尔发动武装起义，向法国殖民当局公开宣战。可是起义遭到了镇压，麦克康达尔本人沦为俘虏并被活活烧死。第二部分写海地黑人的第二次武装起义，由另一位黑人领袖布克芒领导。人们用复仇的钢刀和长矛击败了强大的法国军队，但法国增援部队带着拿破仑的胞妹波利娜·波拿巴和大批警犬在古巴圣地亚哥登陆并很快收复失地。第三部分写布克芒牺牲后，蒂·诺埃尔追随白人主子来到圣多明各。不久，法国大革命的福音终于传到了加勒比海，奴隶制被废除了，白人主子失去了一切。人们踌躇满志，岂知黑人领袖亨利·克里斯托夫大权在握，不可一世，成了独夫民贼。第四部分写亨利·克里斯托夫如何仿效拿破仑，在岛国大兴土木，为自己加冕。最后，在全国人民的一片声讨声中，亨利·克里斯托夫在他的"凡尔赛宫"自戕了。此后，自命不凡的黑白混血儿控制了局面。他们比以往任何政府更懂得怎样盘剥黑人。蒂·诺埃尔在苦难的深渊中愈陷愈深。最后，他终于忍无可忍，抛弃了一贯奉行的明哲保身的处世之道，毅然决然地投身于社会革命。这时，神话被激活了。古老的信仰焕发出新的活力。

此后，卡彭铁尔一发而不可收，在《消失的足迹》中旁逸斜出，选择欧陆人物对印欧两种文化进行扫描。小说写一个厌倦西方文明的欧洲人在南美印第安部落的探险之旅。主人公是位音乐家，与他同行的是他的情妇——一个自命不凡的星相学家和懵懵懂懂的存在主义者。他们从某发达国家出发，途经拉美某国首都，在那里目睹了一场惊心动魄的农民革命，尔后进入原始森林。这是作品前两章的内容。后两章分别以玛雅神话《契伦·巴伦之书》和《波波尔·乌》为题词，借人物独白、对白或潜对白切入主题：一方面，西方社会的超级消费主义正一步步将艺术引向歧途；另一方面，土著文化数千年如一日，依然古老雄浑。印第安人远离当今世界的狂热，满足于自己的茅屋、陶壶、板凳、吊床和乐器，相信万物有灵论，拥有丰富的神话传说和图腾崇拜。小说从"局外人"的角度审视古老的美洲文化，仿佛让读者一步回到了前哥伦布时代。阅读《消失的足迹》，读者必定唏嘘不已。

三、四面出击

二十世纪五十年代中叶以降，卡彭铁尔创作了一系列风格不同的历史性小说，每一部都可圈可点。它们包括中篇小说《追击》、短篇小说集《时间之战》、长篇小说《光明世纪》《巴洛克音乐会》《方法的根源》《春之祭》《竖琴与阴影》，以及非虚构《千柱之城》等。其中，《追击》写一个反英雄叛变革命后被人追击并死于非命的故事。小说采用了"音乐结构"，暗合《英雄交响曲》的四个乐章，其中既有呈示部、展开部、奏鸣曲、回旋曲、变奏曲等，也有E大调、C大调、C小调、降E大调快板、慢板、大慢板（哀乐）到急板等乐章的依次转换，是拉美结构现实主义小说的经典之作。

《时间之战》是一部短篇小说集，由主题和形式各不相同的篇什组成，其中既有令人拍案叫绝的倒读体（而非传统意义上的倒叙），也有意识流小说和相当先锋的叙事方法，集结了他不同时期的技巧探索。

《光明世纪》被不少人认为是卡彭铁尔的后期代表作，写法国大革命期间发生在加勒比地区的一段晦暗历史。小说的主人公是一名法国商人，叫维克托·于格。他和无数冒险家一样，到新大陆淘金，结果碰巧遭遇海地革命。他的生意惨遭毁灭性打击。他走投无路，逃回法国。适逢雅各宾派春风得意，他摇身一变，混迹其中，参与了断头台行动。经过这番镀金，他也便自然而然地戴着光环"荣归"美洲。卡彭铁尔凭借对古巴和海地历史的精深了解，既细节毕露，又气势磅礴地展示了一个个令人心颤的历史场景。人物也一个个活灵活现、光彩夺目，彰显了作者巴洛克建筑师般的才艺，故而有"新巴洛克主义巨制"之美称。

《千柱之城》从不同形态的廊柱切入，以"纪实"的笔法书写哈瓦那城的缤纷多姿，是一部献给古城的礼赞，充分显示了卡彭铁尔的建筑学知识及其对造型艺术的审美情趣。它像一座用机巧、形状和结构缔造的巴洛克艺术馆，巍峨矗立于拉美文坛。

《巴洛克音乐会》围绕作曲家安东尼奥·卢奇奥·维瓦尔第的《蒙特祖玛》创作而成，演绎了新大陆被发现和征服的过程。原住民高贵好客；而侵略者如狼似虎、恩将仇报。这是一曲两个大陆、两种文明碰撞所发出的历史最强音，也是有史以来最具史学价值的美洲小说之一。

《方法的根源》则从遥远的历史回到了现实。作为拉美文坛最重要的反独裁小说之一，小说将时间定格在一九一三年至一九二七年，也就是作家的青少年时代。小说楔子部分采用了第一人称，由独裁者、主人公首席执政官叙述他在巴黎的生活、外交以及其他"重要活动"。不久，由于国内发生了武装叛乱，首席执政官被迫离开法国、折回美洲，作者便改用第三人称叙述独裁者如何打着寻求国泰民安的幌子，按照其"竞争的法则"（弱肉强食）、"方法的根源"（绝对权力），不择手段地镇压异己。小说被誉为拉美社会现实主义杰作。

《春之祭》以俄国音乐家斯特拉文斯基的同名作品为题，开篇描写十月革命后俄国流亡者的故事。但这仅仅是一个序曲，作品很快聚焦于古巴独裁者马查多专制时期古巴流亡者的事迹。于是，俄国流亡者和古巴流亡者在巴黎相逢，并且联袂组团演出。而这也仅仅是个开始，因为有关人物不仅参与了西班牙内战，并且由此开始了"万里长征"：潜回古巴参加革命。作品时空跨度大，人物心理描写更是出神入化。这正是卡彭铁尔晚年"溯源之旅"的必由之路。

最后，《竖琴与阴影》又回到了哥伦布：新大陆"一切故事"的开端。小说以典型的现代巴洛克语言将一个平庸的哥伦布、一个黯淡的历史影子,一点点勾描、一笔笔夸大,直至被历史和命运塑造成伟大的冒险家和发现者,以至于罗马教皇皮奥九世在其封圣问题上煞费苦心。其中的机巧和讥嘲充分展示了作者卓尔不群的语言造诣,故而该作被公认为是拉美文坛不可多得的语言宝库和心理现实主义典范。

总之,卡彭铁尔的每一部作品都是错彩镂金、精雕细刻的艺术珍品,开卷有益绝非套话。他因之于一九七七年摘得西班牙语文坛最高奖项——塞万提斯奖,成为第一位获得这一桂冠的拉美作家,同时多次成为诺贝尔文学奖短名单人选。倘使你有幸阅读他的作品,那么一切人设、荣誉皆可忽略不计,我的推介也纯属多余。

二〇二一年于北京国子监边

目录

序　言 001

第一部

一　蜡制人头像　003
二　断　肢　010
三　发　现　013
四　清　点　017
五　哀悼经　020
六　变　形　023
七　人的外衣　026
八　飞　腾　029

第二部

一　弥诺斯和帕西淮的女儿　035

二　最高盟约　040

三　螺号声声　044

四　藏在约柜中的半人半鱼神　047

五　圣地亚哥城　051

六　运狗船　057

七　圣特拉斯托尔诺经　063

第三部

一　标　记　071

二　无忧宫　074

三　牺　牲　080

四　囚　徒　085

五　八月十五日纪实　090

六　"国王的最后手段"　094

七　唯一的城门　101

第四部

一　雕像之夜　107

二　王　宫　115

三　土地测量员　119

四　上帝的羔羊　123

序 言

> ……须知人之所以变成狼，是因为有一种医生们称之为变狼狂的病……
>
> ——《贝雪莱斯和西吉斯蒙达历险记》①

一九四三年底，我有幸访问了亨利·克里斯托夫②的王国——充满诗意的无忧宫遗址以及历经雷电、地震仍岿然独立的拉费里埃城堡，有幸游览了仍保持着诺曼底风格的海地角——殖民地时期称之为法兰西角；该城有一条一直通向波利娜·波拿巴③居住过的那座石砌宫殿的街道，街道两旁排列着极

---

① 西班牙作家塞万提斯（1547—1616）的最后一部长篇小说，1617年出版。叙述贝雪莱斯和西吉斯蒙达周游欧洲，历经种种奇事、遍尝辛苦的故事。
② 亨利·克里斯托夫（1767—1820），海地军人，1807年任海地共和国总统，1811年起在海地北部称帝，直至1820年自杀身亡。
③ 波利娜·波拿巴（1780—1825），拿破仑的妹妹，1801年与法国勒克莱尔将军结婚。勒克莱尔死后，于1803年再婚，嫁与意大利的卡米列·博尔格塞亲王。

长的阳台。我感受到了海地大地所具有的那种名不虚传的神奇性，看到了中部高原红土公路上神奇的路标，听到了佩特罗和拉达祭礼的鼓声，不禁从这个刚接触到的神奇现实联想起构成近三十年来某些欧洲文学特点的那种挖空心思臆造神奇的企图。这类作品从布罗塞利昂德森林①、圆桌骑士、墨林魔法师、亚瑟②传说这样一些老的模本中寻找神奇；从集市上的杂耍和畸形人身上挖掘神奇的意味（法国的年轻诗人对集市上的畸形人和小丑怎么就百书不厌呢？兰波③在他的《语言炼金术》一书中早就摈弃了这类东西）；变戏法似的把一些毫不相干的东西捏合在一起以制造神奇，如超现实主义的画展所描绘的老一套的离奇故事——雨伞和缝纫机同时出现在解剖台上，发电机生产白鼬皮勺子，蜗牛在雨月的出租汽车里爬，寡妇的骨盆上枕着狮子头，等等。文学上创造的这类神奇有：萨德④所著《拉胡列塔》中的

---

① 法国布列塔尼地区的大森林，曾有描写圆桌骑士的小说提及墨林魔法师在那里复活。
② 传说中的英国古代历史人物（公元6世纪）。他的事迹在民间广为流传，成为后来西欧骑士文学的重要题材。圆桌骑士和墨林魔法师均为这些作品中的主要人物。
③ 兰波（1854—1891），法国诗人，作品充满不满现实的反抗激情，后期作品转向象征主义。
④ 萨德（1740—1814），法国作家，作品多描写性虐待狂。

国王，雅里①笔下的超级男性，刘易斯②笔下的僧人，以及英国黑色小说所采用的令人毛骨悚然的素材——幽灵、被囚禁的教士、变狼狂、古堡门上钉着的手，等等。

这些魔法师想要不顾一切地创造神奇，结果却成了只能照搬条条的"官僚"。应用老一套的公式创造出来的绘画作品成了表现饴糖状的钟表、女裁缝的人体模型和崇拜生殖力的模糊纪念碑的乏味廉价品；遵循这种公式，所谓神奇就不过是解剖台上的雨伞、龙虾、缝纫机或别的东西，不过是一个阴暗房间的内部或是一片布满岩石的荒漠。乌纳穆诺③说过这样的话：死背法则是缺乏想象力的表现。可是现在就存在着有关怪异的法则，这些法则基于《马尔多罗之歌》④中所倡导的无花果吞了驴子这样一条与现实完全相反的法则。安德烈·马松⑤所画的许多"受夜莺威胁的孩子"以及"吞吃鸟的马"都是受了这些法则的影

---

① 雅里（1873—1907），法国作家，著有喜剧《乌布王》，剧中人物乌布王后来成了怪诞、可笑之人的代名词。
② 马·格·刘易斯（1775—1818），英国小说家、剧作家。1796年出版小说《安布罗西奥，又名僧人》，这是一部哥特式小说，以描写诡奇的情节和病态心理见长。
③ 乌纳穆诺（1864—1936），西班牙作家、哲学家。是西班牙"九八年一代"的代表作家，20世纪西班牙文学的重要人物之一。
④ 法国作家洛特雷阿蒙（1846—1870）所作。作家因这部散文诗集被视为超现实主义的先驱。
⑤ 安德烈·马松（1896—1987），法国当代著名画家、雕刻家。

响。可是值得注意的是，当这位画家想要描绘马提尼克岛上的森林中那些难以想象地盘绕、交错着的树枝和近乎淫亵地混杂着的果实时，却被所要描画的对象的神奇事实所"吞没"，对着铺开的画稿一筹莫展。必得是一个美洲的画家——古巴人维弗雷多·朗①——才能向我们展示热带植物的魅力和我们自然界的千姿百态及其一切变态、共生现象，他的这些不朽的作品是用现代绘画中独一无二的表现手法创造出来的。某些画家的缺乏想象力简直到了令人吃惊的地步，就拿唐居伊②来说，二十五年以来，他始终在画灰色天空下的石头般的幼虫，我真想把那句使第一代超现实主义派引以为豪的话搬过来说给这些人听："你们看不见，须知有人能看见。"目前，"以奸淫刚死的漂亮女人为乐的年轻人"（洛特雷阿蒙语）为数尚多，殊不知真正的乐趣在于能在她们活着的时候占有她们。许多人毫不费力地把自己装扮成魔术师，却忘了神奇要真正成其为神奇，只能来自现实的意外变化（奇迹），来自对现实的别具只眼的揭示和对现实中不被察觉的丰富现象的不同寻常或刻意美化的阐发，或者来自对现实的各个方面、各种程度的扩展（只有在精神的激奋达到

---

① 维弗雷多·朗的别具一格的作品比起《法兰西画刊》1946年出版的专集《现代造型艺术概观》上刊登的其他画家的作品来，显得那样出类拔萃，从而为美洲赢得了极大声望。——原注
② 唐居伊（1900—1955），法裔美国画家。

"极限"的程度时,才能感受现实的种种方面和程度)。而要产生神奇的感觉,首先就要相信神奇。不信圣人的人自然不能靠圣人创造的奇迹来治病,不是堂吉诃德,就不会尽其所有、全身心地扎进阿马迪斯·德·高拉①或白骑士蒂兰特②的世界;《贝雪莱斯和西吉斯蒙达历险记》一书中的鲁蒂略关于变成狼的人的一些话之所以显得那么可信,是因为在塞万提斯生活的那个时代,人们的确相信存在着所谓的变狼狂。书中人物坐在女巫的披巾上从托斯卡纳飞到挪威也是同样地可信。马可·波罗不否认有些大鸟能用爪子抓着大象在天上飞;马丁·路德③说自己曾劈头遇见过魔鬼并朝魔鬼的脑袋扔了一个墨水瓶。收集神奇题材书籍的人爱在维克多·雨果身上做文章,而雨果确实相信幽灵的存在,因为他断定自己在盖纳西岛上生活时,曾与莱奥波迪娜④的幽灵说过话。梵高对《向日葵》这幅画的信心,足以使他在画布上表现出他的感受。因此,不相信神奇而描写神奇——就像超现实派多年来所做的那样——从来就是一种文学伎俩,这种伎俩用得久了,就像某些我们所熟知的"经过修饰"

---

① 西班牙著名骑士小说《阿马迪斯·德·高拉》中的主人公。
② 1490 年出版的西班牙同名骑士小说中的主人公。
③ 马丁·路德(1483—1546),16 世纪德国宗教改革运动的发起人,基督教路德宗的创始人。
④ 雨果的长女。雨果的著名诗集《静观集》(1856 年发表)中有悼念她的诗篇。

的梦呓文学和对神经错乱的赞美之词一样使人厌烦。当然不能因此而赞许那些主张"回到现实"的人（这个术语具有一种一般的政治意义），因为他们无非是用左派文学家的陈词滥调和某些存在主义文学家热衷表现的使人厌恶的东西来代替魔术家们的手法。一些不是性虐待狂的诗人和艺术家偏要去歌颂性虐待狂，因自己阳痿而去崇拜"超级男性"；他们把幽灵当作创作题材，却又不信妖术能唤出幽灵；他们创立秘密社团、文学流派和略带哲学味儿的组织，还确定了暗号和秘密宗旨（虽然他们从未达到这些宗旨），却又没有能力创造一种有效的神秘论并抛弃那些最卑怯的积习，打出可怕的信念之牌而使自己的灵魂担风险，这样的诗人和艺术家无疑是站不住脚的。

我在海地逗留期间，由于天天接触可以称之为"神奇现实"的那种东西，所以我很清楚地感受到了以上这一点。在那块土地上生活着千千万万个渴望自由的人，他们相信麦克康达尔具有变形的能力，在麦克康达尔被处决的那一天，这种集体的信念居然创造出了一种奇迹。我了解到被授以宗教奥义的牙买加人布克芒的奇异历史。我到过拉费里埃城堡，那是史无前例的建筑物，只有在皮拉内西[①]所画的"假想监狱"里出现过类似的

---

① 皮拉内西（1720—1778），意大利著名雕刻家、画家、建筑师。

建筑。我呼吸到了亨利·克里斯托夫造成的那种气氛,他是个极有"魄力"的君主,超现实主义派笔下所有那些酷爱想象中的暴行——实际上未见施行——的残暴君主,和他相比全都相形见绌。我随时都能发现"神奇现实",可我又想到,这种活生生地存在着的神奇现实并非海地一国独有,而是整个美洲的财富(在美洲,关于宇宙起源的认识还没有得到彻底的清理)。在那些美洲史上有名而且留下了显赫姓氏的人的生平事迹中往往也能发现"神奇现实",这些人中间既有寻找长生泉或马诺阿黄金城的人,也有最早的反叛者或是像胡安娜·德阿苏杜伊上校①那样带有神话色彩的美洲独立战争中的近代英雄。时至一七八〇年,居然还有一些精神正常的西班牙人从安戈斯图拉城出发去寻找什么"黄金国"②,而在法国革命进行期间——理性与上帝万岁!——西班牙圣地亚哥德孔波斯特拉人弗朗西斯科·梅嫩德斯还在巴塔戈尼亚地区寻找"恺撒的魔城",我始终觉得上述这些例子都很能说明问题。再看看问题的另一方面,我们便会发现,西欧的民间舞蹈已经完全失去了神秘、祭祀的性质;可是在美洲,集体舞蹈无不带有宗教意义,围绕着这层意义,创造出了一整套的

---

① 胡安娜·德阿苏杜伊(1781—1862),独立战争时期的玻利维亚女英雄。
② 传说中的美洲国度,西班牙征服者以为那是遍地黄金的宝地,千方百计地要找到它。

宗教仪式，古巴的祭神舞和至今仍可在委内瑞拉的圣弗朗西斯科德亚雷镇看到的奇特的圣体节黑人舞便是很好的例子。

在《马尔多罗之歌》的第六唱里，主人公在世上所有警察的追捕下，利用遁身法，变作各种动物，同时出现在北京、马德里和圣彼得堡，逃脱了整整一支警探、间谍大军的缉拿，这是十足的"神奇文学"。美洲虽然没有写出过这样的作品，却出了一个麦克康达尔，与他同时代的人们坚信他具有类似的法力，正是在这种法力的激励下，爆发了历史上一场最悲壮、最奇特的起义。迪卡斯①自己也说过，马尔多罗不过是个有诗意的罗康博尔②。他只留下了一个寿命不长的文学流派，而美洲人麦克康达尔却留下了一整套的神话，以及与之相配的神秘颂歌，这些颂歌保留在全体人民的记忆中，至今仍能在伏都教③的仪式中听到（从另一方面来说，对幻想和诗意有着不寻常的直觉的伊西多尔·迪卡斯，偏偏出生在美洲④，而且在他所作的一首诗的末尾非常自豪地强调自己是"蒙得维的亚人"，这可真是一种

---

① 《马尔多罗之歌》的作者洛特雷阿蒙即为迪卡斯之笔名。
② 法国小说家蓬松·迪泰雷尔（1829—1871）作品中的人物，进行过许多奇特的冒险。罗康博尔的名字后来成为荒诞、离奇事情的代名词。
③ 请参阅雅克·罗曼所著《阿索托大鼓的祭祀》——原注。雅克·罗曼（1907—1944），海地诗人、作家、政治活动家。《阿索托大鼓的祭祀》发表于1943年，是评论民族问题的著作。
④ 洛特雷阿蒙出生在乌拉圭首都蒙得维的亚。

奇怪的巧合）。这是因为美洲神话的源头远未枯竭，而这是由美洲的原始风光、它的构成和本原、恰似浮士德世界中的印第安人和黑人在这块大陆上的存在、新大陆给人的启示以及各个人种在这块土地上的大量混杂所决定的。这篇小说虽非有意安排，却正好与以上这些观点相符。小说叙述了发生在圣多明各岛①上的一系列非常事件，前后时间加起来，不到一个人的生存年限，从这些原原本本地记述下来的事件中很自然地涌现出神奇的事物来，因为需要指出的是，这篇小说是在对历史资料作了详细研究之后写成的，小说不仅尊重这些事件的历史真实，使用真实的人名（包括次要人物的名字）、地名、街名，而且尽管表面上没有注明时间，实际上所有的日期和年代都经过仔细核对。即使如此，由于这些事件是那么悲壮、奇特，由于在某个特定时刻站在海地角奇异的交叉路口上的各个人物所采取的态度是那么难以置信，这一切便都显得那么神奇；绝不可能想象在欧洲会发生类似的历史事件，但它又像写进教科书中的任何一个典型史实那样真实可信。可是整个美洲的历史不就是一部神奇现实的编年史吗？

阿莱霍·卡彭铁尔

---

① 即海地岛。

第一部

魔鬼

请准我进去……

上帝

你是谁?

魔鬼

我是西方之王。

上帝

我知道你是谁了,该死的东西。

进来吧!

魔鬼

啊,神圣的法庭,

永恒的主宰!

你要把哥伦布派向何方?

让他在我的祸害之上又添新的祸殃。

你不知道很久以来,

我就占了那块地方?

——洛佩·德·维加[1]

---

[1] 洛佩·德·维加(1562—1635),西班牙作家、戏剧家、诗人,是西班牙文学"黄金世纪"时期仅亚于塞万提斯的作家。

一　蜡制人头像

船长在一个诺曼底养马人的帮助下，像匹带头马似的把二十匹种马带到法兰西角①，蒂·诺埃尔毫不犹豫地在这些马中挑选了那匹屁股滚圆的白臀马，这匹种马很适于用来和那些马驹下的一年比一年小的母马配种。勒诺芒·德梅齐老爷知道他的奴隶是挑马的行家，便不假思索地掏出叮当的金路易②付了钱。蒂·诺埃尔用绳子编了个笼头给马套上，便舒舒服服地骑在这匹健壮花马的背上了。佩尔什种马③浓密的毛下沁出的汗珠很快变成了带酸味儿的泡沫，蒂·诺埃尔只觉得大腿底下滑溜溜的。他跟在主人骑着的比他的坐骑更轻捷的枣红马后面，穿过那些靠海为生的人居住的地区（路旁的商店里发出一股股盐水味，受了潮的帆布篷硬邦邦的，硬面包似乎只有用拳头才砸

---

① 海地北部港口城市，现名海地角。
② 有路易十三等人头像的法国旧金币。
③ 法国北部佩尔什伯爵领地出的好马。

得开），来到中央大街。在早晨的这个时候，中央大街被从市场上回来的黑人女仆的鲜艳的方格子头巾点缀得五彩缤纷。这时，总督乘坐的那辆缀满金色小珠子的马车驶过，他客气地向勒诺芒·德梅齐老爷打了一声招呼。主奴二人随后把马拴在一家理发店门前，那家理发店订有一份《莱顿报》，以娱一班有文化的顾客。

主人刮脸的时候，蒂·诺埃尔安闲地欣赏着放在理发店入口处架子上的四个蜡制人头像。卷曲的假发顺着头像死板的脸垂下，一条条发卷在红色的台布上散成一片。几年以前，一个走江湖的人曾经带着个会说话的假人头到这个城里来，他用那个头颅推销一种治牙疼和风湿病的灵丹妙药，理发店的人头像就跟那个头颅同样逼真；不过蜡像死死定住的眼睛，使之看上去没有一点儿生气。有趣的是，紧挨着理发店的那家卖下水的铺子正巧在柜台上摆着几个剥了皮的牛头，牛舌上还放着一小段欧芹，那几个牛头也像是蜡制的，似乎正在那些鲜红色的尾巴、牛蹄冻和一锅锅法国冈城①风味的烧下水中打瞌睡。两家铺面的柜台只有一板相隔，蒂·诺埃尔想象着把这些灰白色的牛头和白人老爷的头放在同一张饭桌的桌布上的情景，不禁暗自

---

① 法国卡尔瓦多斯省的省城。

好笑。既然举行宴会的时候，端给客人的鸡、鸭上常常插着这些家禽的羽毛作为装饰，那么一个艺高胆大的厨师也完全可以给煮熟的人头配上最合适的假发，所差的不过就是做装饰用的几片生菜叶或几朵萝卜刻的百合花罢了。这几个人头、牛头，再加上理发店里一个个装着阿拉伯泡沫膏和薰衣草水的罐子、瓶子、香粉盒和相邻柜台上盛着下水的锅子、盘子（两家铺子使用的瓶子和器具惊人地相似）拼成了一桌令人作呕的酒席。

那天早晨陈列出来的脑袋可真不少，那家下水铺子的隔壁有家书店，书店老板用几个晾衣服夹子把新近从巴黎运到的一些图画夹在一根铁丝上，其中至少有四幅是法国国王的头像，头像四周画着太阳、剑和月桂枝，其他许多幅画上画的人头也都戴着假发，可能都是宫廷要人的画像。武将们像是马上要去征战；法官们神情严肃，令人生畏；诗人的笑脸画在两支交叉着的羽毛笔上方，画像下的诗句对蒂·诺埃尔来说没有任何意义，因为奴隶是不识字的。除此之外，还有一些制作不那么精细的彩色版画，画的是为庆贺攻下某座城池而放的焰火、拿着巨大注射器跳舞的医生、孩子们在公园里玩的摸瞎子游戏、把手伸进侍女怀里的放荡青年，以及情人们的老一套把戏——躺在草坪上痴迷地偷看天真烂漫地荡秋千的心上人偶尔露出的隐秘部分。可是蒂·诺埃尔的注意力这会儿完全集中在最后一幅铜版画上，这幅画的题材和画法与其他几幅画大相径庭；画面上是一个被羽扇环绕的端坐在饰有猴子和蜥蜴图案的王位之上的黑人和一个受其接见的法国海军上将或大使。

"这是谁？"蒂·诺埃尔大胆地问书店老板，后者正坐在书店的门槛上，端着一支长长的陶烟斗抽烟。

"那是你们国家的国王。"

其实不用书店老板证实，这个年轻的奴隶心里已经明白，因为他突然想起了麦克康达尔在榨甘蔗房里对他滔滔不绝地讲述过的那些故事。麦克康达尔常在勒诺芒·德梅齐庄园那匹最老的马碾压甘蔗的时候向他讲这些事。那个曼丁哥人[1]常常讲述在非洲幅员广大的波洛、阿拉达王国和纳戈人、富拉人的王国里发生的事情，并故意使用一种缓慢的声调以突出收尾的效果。他谈到部落的大迁徙、连绵百年的战争和兽助人战的奇异大战。他了解阿唐韦索、安哥拉王和达王的历史，后者是永生不泯的蛇的化身，与司水、司生育的彩虹王后神秘地合欢。但麦克康达尔最爱讲的还是建立了无敌的曼丁哥帝国的坎坎·穆萨——凶猛的穆萨——的英雄业绩。曼丁哥人的马用银币装饰，马衣上还绣着花，战马的嘶叫声盖过兵戈的碰击声，从马的肩隆上

---

[1] 非洲西部的黑人。

挂下的两面战鼓随着战马驰骋发出雷鸣般的响声。那些国王总是手持长矛，身先士卒，药师们配制的神药使他们刀枪不入，只有当他们以某种方式触犯了司闪电和司锻造的诸神时才会受到伤害。他们是国王，真正的国王，不像那些脑袋上披着别人头发的君主那样整天玩地滚球，只知在宫廷剧场的舞台上扮演神明，随着二拍子舞曲摇动他们的女人似的大腿。那些白人君主耳边听到的不是架在月牙形托架上的火炮的爆炸声，而是小提琴的奏鸣曲、喋喋不休的谗言、情妇的闲言碎语和机器鸟的啼啭。蒂·诺埃尔虽然无知，可是在有着很深智慧的麦克康达尔的教导下，懂得了这些道理。在非洲，国王是斗士、猎手、法官和祭司，他们优良的血脉繁衍了无数英雄；而在法国、西班牙，国王们总是派将军们去打仗，这些国王不会裁决，他们要受听他们忏悔的神甫的训诫，而且身体孱弱，只能生下个把弱不禁风、没有射手帮忙连一头鹿也射不死的王子，还用海豚这样一种无害又不庄重的"鱼"的名字来称呼自己的后代①，这真是无意之中的自讽！可是在那边——"伟大的那边"——却有坚如铁砧、勇如豹子的王子，有的王子懂得树木的语言，有的王子叱咤风云，是种子、青铜和火的主人。

---

① 自1349年起到1830年止，法国王储均称作"多芬"，多芬原意为海豚。

蒂·诺埃尔听到了主人的声音,后者正从理发店里往外走,脸上搽了厚厚的一层粉。他的脸这会儿和架子上摆着的那四个没有光泽的傻笑着的蜡像的脸出奇地相似。勒诺芒·德梅齐老爷顺便在下水铺里买了一个牛头,让他的奴隶拿着。蒂·诺埃尔骑在急于吃草的种马身上,摸着那冰凉、发白的牛头,心想老爷假发底下的那个光秃秃的脑袋摸上去一定也和这个牛头的轮廓相仿。街上这时行人很多,不过不再是那些从市场回来的黑人女仆,而是听完十点钟的弥撒从教堂出来的太太们,其中也有与发迹的官员们姘居的夸尔特龙女人①,她们手拿棕榈叶扇子、祈祷书和带金色穗子的阳伞,身后跟着和她们差不多肤色的侍女。一个滑稽演员在街角操纵着木偶跳舞。离他不远的地方,一个水手正在向太太们兜售一只穿西班牙服装的巴西猴子。在酒店里,人们打开一瓶瓶放在装满盐和湿沙子的木桶里冷却过的葡萄酒。利莫纳德教区的科尔内霍神甫骑着他那头和驴一样颜色的骡子刚刚来到教区大教堂的门口。

勒诺芒·德梅齐老爷和他的奴隶沿着靠海的那条路出了城。要塞上响起了炮声,从龟岛返回的属于国王舰队的勇敢号战舰刚刚在天边出现;战舰鸣炮回答,两侧船舷上冒出一团团白色

---

① 有四分之一非白人血统的女人,"夸尔特龙"意为四分之一。

的烟雾。老爷回想起自己当穷军官时的那些年月,口中不由得吹起一支高音笛进行曲来。蒂·诺埃尔在心里与他对唱,默默地哼着一支在港口的制桶匠中间颇为流行的、臭骂英国国王的水手小调,那支曲子的歌词虽然不是用克里奥尔语①写的,可蒂·诺埃尔深信歌里唱的就是这个意思——正因如此,他才记得这支歌。而且对于蒂·诺埃尔来说,英国国王就像法国国王或统治着海岛另一半②的西班牙国王那样一钱不值。照麦克康达尔的说法,那些西班牙国王的妻子都用牛血抹脸,把生下的死胎埋葬在修道院里,修道院的地下室放满了被真正的天国拒之门外的骸骨,因为那里是不能容纳不知道有真正的神存在的死者的。

---

① 克里奥尔语为法语、西班牙语、葡萄牙语及当地土语的混合语。
② 位于加勒比海大安的列斯群岛中的伊斯帕尼奥拉岛,西部是海地,当时为法国殖民地;东部为多米尼加,当时由西班牙国王统治。

二 断 肢

蒂·诺埃尔坐在一个翻倒的木桶上，听凭那匹老马拉着榨糖机转，马拉惯了碾子，步子迈得非常均匀。麦克康达尔抓住一捆捆甘蔗，使劲地把甘蔗的顶端塞进铁碾子中间。这个双眼老是充血、上身粗壮、腰部极细的曼丁哥人对蒂·诺埃尔具有一种奇怪的魅力。谁都知道，他那低沉的嗓音可以使所有的黑种女人对他有求必应。他讲起故事来娓娓动听，还会用夸张的表情表演故事中的各种人物，所以总是使人屏息静听；他尤其爱讲几年前被人掳到塞拉利昂卖给黑奴贩子时一路上的见闻。蒂·诺埃尔听了他的讲述才知道，法兰西角虽有不少钟楼、石砌建筑和配有长长的带檐阳台的诺曼底式的房子，却无法与几内亚的城市相比，那里有覆盖着红色黏土圆顶的围以雉堞的高大城堡，还有遐迩闻名的集市（这些集市的名声一直传到沙漠的另一边，传到那些没有耕地的村落的另一边），在那些城市里，能工巧匠善使金属软化，锻造出削铁如泥的利剑，斗士拿在手中，有如鸟翼一般轻巧。人们所需的食盐似从天上流下来的浩荡大河，缓缓地从人们的脚边流过，不必到产盐国去运。宽敞的房子里存放着麦子、芝麻和黍子；各个王国之间交换包括橄榄油和安达卢西亚①葡萄酒在内的各种商品。用棕榈叶覆盖的棚子底下放着巨大的鼓，那是鼓的母亲，支架腿儿涂成红色，鼓上还画着人脸。那里的智者有呼风唤雨的本事；在行割礼的庆祝会上，当少年们扭着被血染红的大腿跳舞的时候，人们敲击响亮的石板，奏出犹如直下的飞瀑那样的乐声。在非洲维达圣城，人们礼拜眼镜蛇（那是无止境的轮回的神秘象征）以及司草木的神灵，这些神常常在盐水湖畔的灯芯草丛中现出它们湿漉漉的、闪闪发光的原形。

马的前腿一屈，跪倒在地，响起了一声凄厉的、长长的号叫，这叫声一直传到四周的庄园，惊动了鸽子棚里的鸽子。麦克康达尔的右手被突然加快转动的碾子咬住，和甘蔗一起卷进了辊子，整条胳膊——直到肩膀——被拖了进去。接甘蔗汁的金属盆里积起一汪鲜血。蒂·诺埃尔操起一把刀，砍断了把马和机器杆拴在一起的皮绳。鞣皮作坊的奴隶跟在主人后面拥进碾房，在熏肉作坊和可可豆晾晒场干活的人也赶来了。麦克康

---

① 西班牙地名。

达尔这时把辊子往相反的方向推，抽出了那条被碾碎的胳膊。他想用右手摆动那条不听使唤的胳膊的肘和腕。他圆睁双眼，好像不明白发生了什么事情。人们赶紧用绳子把他的腋部扎紧，为他止血。主人让人搬来磨刀石，好把截肢用的砍刀磨快。

三　发　现

　　干不了重活的麦克康达尔被派去照管牲畜。每天天不亮，他就把牛群赶出畜栏，带到山上去放牧。背阴的山坡上长着丰美的牧草，日上三竿，仍然露水晶莹。麦克康达尔望着在齐腹高的三叶草中吃草的牛群慢慢地在草地上散开的时候，突然对过去不屑一顾的几种植物产生了奇特的兴趣。他用那条完整胳膊的肘部支撑着身体，侧身躺在一棵野豌豆的阴影下，用那只唯一的手在熟悉的牧草中间采集一向不为他注意的地里长的所有植物。他惊奇地发现一些罕见植物的秘密生活，这些植物喜伪装，杂乱纷繁，四季常青，是逃避蚂蚁的小甲虫的庇护所。他采集到说不上名字的禾本科植物、带硫黄味的刺山柑和细小的辣椒，还有在石子中间织网的藤蔓，叶子毛茸茸的、夜晚渗出脂液的、孤零零的灌木，一听到人声就会合拢的含羞草，中午爆裂时像指甲掐跳蚤那样噼啪作响的蒴果，以及在背阴处爬得满地的匍匐生根的藤本植物。有一种爬藤植物能使人产生灼痛的感觉，还有一种会使坐在它的阴影下休息的人脑袋肿胀。不过麦克康达尔现在对蕈类更感兴趣。有些蕈类的气味使人想起蛀虫、胶苦瓜、地窖和疾病，这些蕈挺着耳朵状的菌盖，长着折刀状的菌柄和瘤状突起，生长在冰冷的岩石洞里（那是睡着或醒着时从不眨眼的蛤蟆的窝），有的覆盖着黏液，有的张着带虎斑纹的花伞。那个曼丁哥人撕碎一个菌盖，一股毒药味直扑他的鼻子。他让一头母牛嗅他的手，牛立即张大惊恐的眼睛，把头偏向一边。麦克康达尔于是采来很多这样的毒蕈，放进挂在脖子上的一个用未经鞣制的牛皮缝成的口袋里。

蒂·诺埃尔借口牵马去洗澡，常常走出勒诺芒·德梅齐的庄园去和那个独臂人会面，一去就是老半天。两个人见面后，就朝地势起伏的山谷边走去，那儿的山坡上有许多很深的岩洞。他们在一个老太婆的家门口停下，她独自一人住在那里，不过常常接待远道而来的客人。屋里的墙上挂着几把马刀、几面绑在笨重的杆子上的红色旗子、马蹄铁、陨石和几个铁丝圈，上面吊着交叉成十字的生了锈的勺子，用来驱逐诸如萨梅迪男爵、皮匡男爵、拉克罗瓦男爵这样一些地下的阴魂。麦克康达尔把装在皮口袋里的各种树叶、毒草、蕈类、药草拿出来给洛伊妈妈看。她仔细地察看这些东西，捏起几样闻一闻，又扔掉另外几样。他们有几次谈起一些不平凡的动物，这些动物能生出人来；有时他们谈起一些因施了某种法术而具有变形能力的人；他们也听说过一到晚上便不会说话只会咆哮的被虎豹奸污的女人。有一次，洛伊妈妈刚讲到最精彩的地方，忽然奇怪地不出声了。她像是听到了一个神秘的命令，匆匆奔向厨房，把两条胳膊放进一口装满沸油的锅里。蒂·诺埃尔看到她面不改色，连眉头都没皱一皱；更奇怪的是，当她把胳膊从油中抽出来时，那上面既没有水泡，也没有烫伤的痕迹，可是她把胳膊放进油锅时，他明明听到了可怕的油炸声。蒂·诺埃尔看到麦克康达尔见怪不怪，只得竭力保持镇静。那个曼丁哥人和巫婆继续平静地聊天，时而停下来长时间地看着远处。

一天，蒂·诺埃尔和麦克康达尔抓住了一条发情的狗，那是勒诺芒·德梅齐老爷豢养的狗群中的一条。蒂·诺埃尔跨在狗身上，揪住狗耳朵，不让它晃动脑袋。麦克康达尔用一块被毒蕈汁染成浅黄色的石子擦了擦狗鼻子。狗立即收缩肌肉，身子剧烈地抽搐，然后仰面倒地，四肢僵直，牙齿龇出嘴外。那天下午，麦克康达尔回到庄园后，长时间地注视着榨糖机、可可豆和咖啡豆晾晒场、靛蓝染坊、锻炉、水池和熏肉用的木架子。

"是时候了。"他说。

第二天，人们到处找他，均不见其身影。主人派人出去搜寻，但并不十分认真，纯粹是出于恫吓黑奴的目的。一个缺了条胳膊的奴隶值不了几个钱。而且谁都清楚，曼丁哥奴隶个个都是潜在的逃亡奴隶。"曼丁哥人"一词简直就是"不服从""暴乱"和"魔鬼"的同义词，所以在黑奴市场上，从曼丁哥来的奴隶价格最低。他们全都梦想着逃进山林。再说，周围全是庄园，那个缺胳膊的奴隶一定逃不了多远。等把他抓回来，一定要当着全体奴隶的面对他严加惩办，以儆效尤。不过他毕竟是个只有一条胳膊的奴隶，为了他而去牺牲两三条良种猎犬（麦克康达尔很可能用砍刀劈死它们），未免太不合算。

四　清　点

麦克康达尔的失踪使蒂·诺埃尔很伤心。如果麦克康达尔要他一道逃跑，他一定会欣然接受，为他效劳。他想，那个独臂人一定是因为看不起他，才不愿意把自己的计划告诉他。在漫漫的长夜里，当小伙子为这个想法而深感痛苦时，就会从他睡着的牲口槽里起来，泪汪汪地抱住那匹诺曼底种马的脖子，把脸埋在散发着沐浴后气味的热乎乎的马鬃里。麦克康达尔一走，他描绘的整个世界也跟着他走了。再也听不到有关坎坎·穆萨、阿唐韦索、真正的国王以及维达城的彩虹的故事了。生活失去了乐趣，蒂·诺埃尔在星期天的闲暇里常常觉得无聊之极；他与牲口做伴，从不让牲口的耳朵边和胯下生虱子。整个雨季就这样过去了。

一天，当河水又退回原先的河床时，蒂·诺埃尔在马厩附近遇到了住在山里的那个老太婆，她带来了麦克康达尔的口信。蒂·诺埃尔得到口信以后，黎明时钻进一个洞口极窄的布满石笋的山洞，那洞通向一个更深的洞穴，洞壁上倒挂着密密麻麻的蝙蝠，洞底是厚厚的一层鸟粪，覆盖在石制的用具和石化了的鱼刺上。蒂·诺埃尔看到洞中间放着几个瓦罐，瓦罐里发出的一股辛辣难闻的气味充斥着那个潮湿昏暗的洞穴。几片干酪上堆着不少蜥蜴皮。洞里还有一块大石板和几块光滑的圆石头，一看就知道派过"苦行"用场。在一段从上到下用砍刀削平的树干上，放着一本从庄园的账房里偷来的账本，上面有用炭画着的一行行又黑又粗的符号。蒂·诺埃尔不禁联想起都城里那些放有大研钵、装马钱子种子和阿魏草的瓦罐、一束束治牙龈痛的蜀葵根，以及在架子上搁着药方的草药店。这个洞穴里要是再添上一些泡在酒里的蝎子、浸在油里的玫瑰和水蛭缸儿，那就一应俱全了。

麦克康达尔瘦了，他的横纹肌现在似乎紧贴着骨头活动，使他躯干的轮廓显得更加突出，但他那在油灯映照下现出茶青色的脸上却透出一种平静的快乐。他的额上缠着一块缀有一串串念珠的鲜红色手帕。最使蒂·诺埃尔吃惊的是，他发现那个曼丁哥人从逃亡的那个夜晚起，一直在进行着一项持续、耐心的工作：他似乎跑遍了平原上所有的庄园，并同在庄园里干活的人直接取得了联系。比如，麦克康达尔知道，在东东谷地的假蓝靛种植园，他可以依靠在菜园里种菜的奥拉因、在窝棚里做饭的女奴,还有罗曼和独眼龙让·皮埃罗;他曾让人捎信给勒诺芒·德梅齐庄园的蓬盖三兄弟、几个新来的刚果人、富拉部落来的"罗圈腿"和玛丽内黛,这个黑白混血女人过去和主人睡过觉,后来因为从法国的马提尼埃尔镇来了一位小姐而被遗弃(那位小姐登船到这块殖民地来之前,在勒阿弗尔的一个修道院里通过主人的代理人与主人订立了婚约)。他还和住在主教帽山那头的两个安哥拉人联系过,那两个人瘢痕累累的臀上有用烧红的铁块烙出的印记,那是他们因为偷了烧酒所受到的惩罚。麦克康达尔用只有他自己才认得的符号,在本子上记下了博科·德米莱和一些赶马人的名字,这些人可以帮助他穿越山脉去和阿蒂博尼特省的人联系。

蒂·诺埃尔那天弄清楚了独臂人要他做的事情。就在那个星期天,庄园主做完弥撒回来时,得知庄园里最好的两头从卢昂①运来的白尾巴奶牛口吐胆汁,正在牛粪堆里垂死挣扎。蒂·诺埃尔向他解释说,从遥远国度来的牲口常会误食毒草,把某些会使血液中毒的新芽当作美味的藏红花吃进肚里。

---

① 法国西北部港口城市。

五　哀悼经

　　毒物在北部平原扩散，侵袭牧场和牲畜圈。谁也不知道它是如何在绊根草和苜蓿中扩散，又如何混进成捆的草料并落进牲口槽的。只见母牛、阉牛、牛犊、马、羊一批又一批地倒毙，整个平原充斥着一股散不掉的腐肉的恶臭。黄昏时分，一个个大火堆烧起来了，火堆上冒出低沉的、带油的烟雾，火灭之后，留下一堆堆焦黑的牛头、肋骨和烤成红色的牛蹄。法兰西角城里最熟悉草药的人也找不出可能带毒的叶子、树脂或浆液来。腹胀如鼓的牲畜一头接一头倒毙，立即被嗡嗡叫的绿苍蝇包围了起来。落满房顶的黑色秃头猛禽随时准备扑向死畜，啄开绷得紧紧的畜皮，以致恶臭之上再添恶臭。

　　很快传来了可怖的消息：毒物已进入宅院。一天下午，鸡鸣庄园的主人吃了一个鸡蛋卷之后，好好儿的突然栽倒；当时他正在给挂钟上发条，竟把挂钟也拖倒在地。这个消息还没来得及传到邻近的庄园，又有几个庄园主中毒而死，总在伺机进攻的毒物潜伏在小桌上搁着的杯子里，隐藏在汤锅、药瓶、面包、酒、水果和盐里。不祥的钉棺材声随时可闻，送葬的队伍随处可见。法兰西角的教堂里只唱颂追思祭礼上唱的经，神甫总是来不及给临终的人施涂油礼：这边丧事未完，那边丧钟又响。神甫不得不缩短祷文，好应付所有举丧的人家。平原上响起相同的凄惨的《安魂经》，那是恐怖奏出的凯歌，因为恐怖正扼紧人的喉咙，使人形销骨立。银十字架在路上来来往往，绿色、黄色、无色的毒物在它的庇护下，继续像蛇那样爬行，或经由厨房的烟囱落下，或从紧闭着的门的缝隙里钻进屋内，犹如一株寻找阴影并使物体变成阴影的不可阻挡的藤。《上帝怜我》和《哀悼经》的唱经声此伏彼起，不祥的应答轮唱永无止息。

庄园主们惶惶不可终日，因不敢喝井水而以酒止渴，整天喝得醉醺醺的；他们对奴隶们严刑拷打以追问究竟。可是毒物仍在造成大量死亡，人、畜均不能幸免，无论是祈求、许愿、医生的告诫，还是一个会妖术、能除病的英国水手所施的法术，都不能制止死亡的秘密挺进。在圣灵降临节的那个星期天，勒诺芒·德梅齐太太吃下一个特别诱人的柑子之后不久（过于殷勤的果枝把那柑子直送到她面前让她摘取），就匆匆忙忙地咽了气，好像急着要去占用墓地上剩下的最后一个墓穴。整个平原已宣布了戒严，太阳下山后，只要发现有人在田野或房屋附近走动，就当场用火枪撂倒。法兰西角的驻军列队在大街上耀武扬威，可笑地叫嚣要严惩那个抓不到的敌人。

一天下午，"罗圈腿"被拷问，主人威胁说要把火药塞进他的屁股，"罗圈腿"只好开口。他说，成了拉达祭礼祭司的麦克康达尔，几次被真神召去并被赋予奇特的法力，成为司毒药的神；另一个世界的主宰赋予他绝对的权威，指定他担当消灭白人并在圣多明各岛建立一个自由黑人大帝国的使命，他已宣布要打一场灭绝战；成千上万的奴隶信奉麦克康达尔，谁也阻止不了毒物的前进。他的这番话在庄园里掀起了一阵鞭笞的风暴。气恼点燃的火药炸飞了那个嘴封得不紧的黑人的肚肠，一个信差被火速派往法兰西角。当天下午，所有能出动的人统统出发，去追捕麦克康达尔。散发着腐肉的恶臭、焦蹄子味和蠕动的蛆的气味的北部平原响起了一片狗吠声和咒骂声。

六　变　形

　　法兰西角的驻军以及由庄园主、账房、管家组成的巡逻队，一连几个星期在整个地区仔细搜查，不放过任何一条沟壑、任何一片树林和草丛，却没有找到麦克康达尔的踪迹。不过从另一方面来说，毒物的来源既被弄清，也就停止了它的攻势，又回到了独臂人埋在某处的坛坛罐罐里，在地下的一片黑暗之中化成了泡沫，但许许多多条性命早就因它而永陷幽冥了。傍晚时分，狗和人从山里回来，疲劳和恼怒顺着汗水从毛孔中淌出。死亡已恢复了正常的节奏，只有一月份乍冷乍热的天气和雨季引起的某些特别的热病能加快它的频率。庄园主们天天与丘八们为伍，也就放纵起来，成天酿酒、赌博，一边唱下流小曲，一边串通作弊，见到黑人女奴端着干净的杯子走来，还要顺手摸摸她们的乳房；他们悉数先辈们的功勋，这些先辈有的参加过西印度卡塔赫纳城的抢劫，有的等到"假腿"皮埃·海因在古巴海域实现了海盗们幻想了近两个世纪的惊人伟绩之后，染指西班牙王室的金库。他们在沾满了葡萄酒的桌子上一边掷骰子，一边为莱斯南比克、贝特朗·多热隆、迪劳塞特等好汉干杯（正是那些好汉冒着风险建立了这块殖民地，随心所欲地制定法律，而不愿受制于巴黎印发的法令和黑人法规定的宽容的反诉）。在脚凳下睡觉的狗暂时卸下了护颈圈。

对麦克康达尔的搜捕越来越不起劲了，搜捕时照旧要在树荫下午休、吃饭，而且每次出动间隔的时间越来越长。好几个月过去了，独臂人始终下落不明。一些人认为他逃到了中部地区，躲进了大高原云遮雾障的山区，那儿是手打响板跳方丹戈舞的黑人的居住区。另外一些人认为他坐小船逃出去以后，一直在雅克梅尔地区活动，那儿有许多已经死去的人，他们在有机会尝到盐之前，一直在地里耕作着。可是奴隶们却故意显得很高兴，那些在舂玉米或砍甘蔗时击鼓打点子的奴隶，击起鼓来比以往任何时候都起劲。晚上，黑人们在茅屋和窝棚里兴奋地传播最奇特的消息：一条绿色的鬣蜥爬上晾烟草棚的棚顶取暖；有人在中午时看见了只有在夜间才飞出来的蝴蝶；一条多着毛的大狗叼着一只鹿腿飞快地穿过宅院；一只远离海边的鲣鸟①，在后院的葡萄架上扑打翅膀，抖落身上的虱子。

---

① 拉美的一种奇鸟，据说这种鸟没有舌头，嘴巴跟汤匙一样。

大家都知道，那绿色的鬣蜥、夜间飞舞的蝴蝶，还有那陌生的狗和奇怪的鸟，全都是些化身。能变作飞禽、走兽、鱼虫的麦克康达尔遍访平原上的各个庄园，监督他的追随者们，了解他们是否深信他会归来。千变万化的独臂人出现在所有的地方，当他披上动物的外衣时，身体完好无缺。他有时长出翅膀，有时化成游鱼，有时奔驰，有时爬行，占领了地下的河流、沿海的山洞和树冠，甚至控制了整个岛屿。他法力无穷，时而与母马交配，时而在清凉的池塘中小憩，既可以在合金欢的细枝上栖息，也可以从锁眼中出入。狗从不向他吠叫，他还可以随意变换自己的身影。他使一个黑女人生出长着野猪嘴脸的婴儿。晚上，他常化作一头角上挂火星的黑山羊在道路上出没。总有一天，他会发出暴动的信号，届时，以当巴拉神、路神、铁神为首的另一个世界的主宰将挟雷电、兴狂风，帮助人们完成他们的壮举。按照蒂·诺埃尔的说法，那一伟业将使白人的血一直流入溪流，如痴如狂的洛阿神将趴在地上痛饮，直到填满整个胸腔。

焦急的等候持续了四年，警觉的耳朵每时每刻都在等着一定会在山上响起的螺号声，这声音将向所有的人宣告：麦克康达尔已经结束了他的变形周期，重又恢复了人形，而且是那样的粗壮、坚实，睾丸像石头一样坚硬。

七　人的外衣

　　勒诺芒·德梅齐老爷重又让洗衣妇玛丽内黛睡在他的房里，过了一段时间以后，又由利英纳德教区神甫撮合，与一个又瘸又虔诚的阔寡妇结了婚。因此，那年的十二月份，当北风刚刚吹起时，奴仆们就在女主人的指挥下，把法国普罗旺斯省装饰圣诞马槽用的彩色小泥人放在散发着热胶水味的碎布粘成的神龛周围，准备在圣诞节时把它点亮，置于廊檐底下。专做细木工活的杜桑用木头雕了三个朝圣博士像，那些雕像对于整个模型来讲显得太大，怎么也放不妥帖；特意用画笔描画过的巴尔塔萨雕像的可怕眼白，在乌木的漆黑颜色映衬下显得更加突出，真像是溺死者的可怖表情。蒂·诺埃尔和庄园里其他奴隶看到耶稣降生模型渐渐完成，知道离唱圣歌、做子时弥撒的日子已经不远了，在这段日子里，庄园主们频繁的互访和宴请使纪律稍有松弛，奴隶们甚至可以不费力地从厨房里偷出一个猪耳朵，从酒桶的阀门里偷一口酒喝，或在夜里钻进安哥拉女人睡觉的窝棚（主人刚刚买下这些女人，等节日一过便举行基督教的仪式，让她们与奴隶们交配）。但这一次，蒂·诺埃尔知道当蜡烛点燃、神龛内闪出金光时，他将不会在庄园里待着，那一夜他将要到远处去参加迪费雷纳庄园的奴隶们举行的欢会，他们得到准许，用每人分得的一碗西班牙烧酒，来庆贺主人家第一个男孩的诞生。

孔戈舞呀，转得欢，

转哪，转哪，转圆圈！

你的女儿转得快呀，呀呀啰！

在火炬的亮光中，鼓声一直响了两个多小时，女人们扭动肩膀，不断地重复着洗衣服似的动作；这时，唱歌的人突然一阵战栗，嗓音随之颤抖了一下。麦克康达尔的真身出现在大鼓的后面。那是曼丁哥人麦克康达尔，是现出了人形的麦克康达尔，是那个恢复了原形的忧郁的独臂人。谁也没有和他打招呼，可是他遇到了所有的人投来的目光。他一定渴了很久，一碗碗烧酒递到了他那唯一的手里，蒂·诺埃尔还是第一次看见麦克康达尔恢复原形。他栖身过的神秘巢穴和他披过的鱼鳞、猪鬃、羊毛的外衣全在他身上留下了痕迹。他的胡子像猫的胡须那样又尖又长,两只眼睛就像他曾变化成的某些鸟那样,往太阳穴的方向升高了一点儿。女人们按着舞蹈的节拍,扭动身子,在他面前转来转去,可是四周充满了疑问。突然,所有的声音不约而同地汇成了一片哀叹,那声音犹如滚雷,盖过了鼓声。

我的爹呀,哎哟哟!
我只能吃竹子!
我的爹呀,哎哟哟!
我只能洗大锅!
我的爹呀,哎哟哟!

我还要继续洗锅吗?我还要继续吃竹子吗?连珠炮似的问题一个个从心中迸发出来,激起一片痛苦的呻吟,那是被驱赶去修筑陵墓、塔楼和连绵不断的城墙的人民发出的呻吟。啊,爹呀,我的爹,道路是多么漫长!啊,爹呀,我的爹,思念是多么悠远!人们只顾叹息,蒂·诺埃尔忘了白人也长着耳朵。此时,在迪费雷纳住宅的院子里,白人正着手把所有从客厅的武器架上取下的滑膛枪、火铳、手枪都装上火药。为了防止意外,他们还备好刀、剑、大头棒,让女人们看着。那些女人纷纷祈求上帝保佑他们抓住那个曼丁哥人。

八 飞 腾

一月份的一个星期一,北部平原各庄园的奴隶们拂晓时开始进入法兰西角。他们由骑着马的庄园主和管家们领着,后面跟着荷枪实弹的卫兵,慢慢地走进大广场;广场上,军鼓敲打着庄严的节拍。几个士兵把一捆捆干柴堆放在一根坚木树的木桩周围,另外几个士兵把一个火盆里的火拨旺。教事会主事和总督、法官、国王的官员们全都坐在放在教区大教堂门廊里的高高的红色扶手椅里,靠一顶用斜撑和长竿支起来的办丧事用的布篷遮阳。轻巧的阳伞在阳台上晃动,就像窗台上放着的欢快摇曳的花朵。拿着扇子、戴着露指手套的太太们如同坐在大剧院一个个包厢里那样高声交谈,因为激动而改变了说话的腔调。窗户对着广场的那些人家早已备下了柠檬、杏仁饮料以款待他们的客人。广场上越聚越多的满身汗水的黑人在等着专为他们准备的一出戏;对于黑人来说,那真是一出奢靡、铺张的戏,当局为此花费了一切该花的钱。因为这一次不仅要让黑人为学到一点东西而付出代价，而且要用火来教训他们；为了使黑人牢牢记住，还点了不少价格昂贵的彩灯。

突然，所有的扇子同时合拢。军鼓队后面一片肃静。腰里围着条纹短裤的麦克康达尔正向广场中心走去。他被一道又一道的绳索捆绑，又黑又亮的皮肤上布满落下的伤痕。庄园主们扫视着奴隶们的脸；黑人们现出一种恼人的无动于衷的神情。白人们哪里懂得黑人的事情。麦克康达尔在他的变形周期中曾多次加入昆虫的秘密世界，长出许多对足、四个鞘翅和长长的触角，作为对他缺一条胳膊的补偿。他曾变作苍蝇、赤蜈蚣、蛾子、白蚁、意大利狼蛛、七星瓢虫和绿光闪闪的萤火虫。到了关键的时刻，绑在麦克康达尔身上的绳子会因那个身体的隐遁而在一刹那间仍保持着人的轮廓，然后顺着木桩滑到地上，麦克康达尔则会变作嗡嗡叫的蚊子，落到军队统帅的三角帽上，看着白人惊慌失措而暗自好笑。主人们哪里知道这一切，所以他们花了那么多钱搞了这一幕；不过这不会奏效，只能表明他们没有办法对付被伟大的洛阿神施过涂油礼的人。

麦克康达尔被捆在柱子上。刽子手用钳子夹起炭火。总督用前一夜对着镜子反复练习过的姿态抽出利剑，下令执行判决。火苗升腾，朝独臂人身上舔去，烧灼着他的腿。这时，麦克康达尔吓人地挥舞起他那没被捆住的残肢（尽管只是一小截胳膊，却显得那么可怕），用嗥叫般的声音念起奇怪的咒语，身躯猛地向前一倾。捆在身上的绳子落到了地上，黑人的身体腾空而起，在一些人的头上飞过，落进奴隶们组成的黑色海洋。广场上响起同一个喊声：

"麦克康达尔得救了！"

广场上一片混乱，喊声震天。卫兵们用枪托打着，扑向吼叫的人群，广场上似乎再也容纳不下的大群黑人纷纷爬向阳台。在沸天震地的嘈杂声和一片混乱之中，谁也没有看见麦克康达尔被十个士兵抓住，投进了火堆。因烧着了毛发而燃得更旺的火焰吞没了他最后的喊叫。当奴隶们平息下来时，火堆已恢复正常的火势——就像任何一个架着木柴燃烧的火堆一样。海上刮来的风吹着浓烟向阳台飘去，阳台上好几个昏过去的女士这时正慢慢醒来。已经没什么好看的了。

那天下午，奴隶们一路笑着回到各自的庄园。麦克康达尔履行了诺言，永久地留在了人间王国。白人们又一次被另一个世界的至高无上的神灵所嘲弄。晚上，头戴睡帽的勒诺芒·德梅齐老爷向他那位虔诚的妻子大发议论，说什么黑人目睹同伴受刑而无动于衷（他还从这件事中引出一些关于人种差别的带哲理性的结论，打算在一篇引用许多拉丁文词句的演说中加以发挥）；这时，蒂·诺埃尔接连三次把一个厨娘按倒在马厩的牲口槽里，使她一下子怀上双胞胎。

第二部

……我对她说，到了那里她就是女王，就能以轿代步，并有女奴小心翼翼侍候左右，她可以在盛开的橘树下信步，丝毫不会被蛇惊扰，因为在安的列斯群岛蛇已绝迹；也无需怕野人，那里并没有用铁扦插着人烧烤的事；最后我对她说，她穿上克里奥尔人的服装将会显得非常漂亮。

——阿布朗泰斯公爵夫人[1]

---

[1] 阿布朗泰斯公爵夫人（1784—1838），法国将军朱诺的妻子，写过有关拿破仑的回忆（1831—1835）。

一　弥诺斯和帕西淮的女儿[1]

勒诺芒·德梅齐老爷续娶的妻子死后不久，为取回老爷在巴黎订购的祭器，蒂·诺埃尔又得到了去都城的机会。这些年里，都城发生了惊人的变化：几乎所有的住宅都是两层小楼，街角的阳台都有很宽的檐儿，高大的半圆拱门上配有精致的铁闩和三叶花形的铰链；裁缝、帽匠、羽饰匠、理发师增加了许多；还有一家出售提琴、横笛以及对舞舞曲和奏鸣曲谱子的商店；书店里摆着用薄纸印刷的四边印有花饰、徽记的最近一期《圣多明各公报》；在旺德雷依街开设的一家专演话剧和歌剧的剧院更使都城大大增辉。这样的繁荣给西班牙人街带来了特别的好处：最有钱的外地人都到王冠旅馆投宿。这家旅馆是亨

---

[1] 指希腊神话中克里特王弥诺斯与王后帕西淮的小女儿淮德拉。淮德拉是忒修斯的妻子，但她爱上了忒修斯与希波吕忒生下的儿子希波吕托斯，并要他推翻忒修斯，与她共享王位。遭拒绝后自缢身死。她留遗书给忒修斯，诬赖希波吕托斯企图强奸她。忒修斯诅咒其子，当他得知自己受骗时，其子已死。

利·克里斯托夫——旅馆的厨师领班——不久前才从旅馆原先的东家蒙热翁小姐手里买下的。旅馆如果来了巴黎客,这个黑人做的菜准会因为口味恰到好处而受到称赞;如果顾客是一位从海岛另一侧迁到都城来的衣着过时、犹如旧时海盗打扮的西班牙人,他就会用盛得满满的加料杂烩使之餍足。这个戴着高筒白帽子、在厨房的烟雾中忙碌的亨利·克里斯托夫烤起龟肉香菇酥饼或烹饪起红烧灰鸽来,也确实有不同凡响的本领。只要他把手放进和面盆里,准能和出漂亮的面团,香气一直飘过三喙街。

勒诺芒·德梅齐老爷再次丧妻之后,丝毫不顾忌亡妻的在天之灵,越来越频繁地叫人领他去都城剧院,因为那里有从巴黎来的真正女演员演唱让-雅克·卢梭的咏叹调或朗诵悲哀的亚历山大体十二音节诗(这些演员朗诵到停顿处总要擦擦脸上的汗)。人们从一首谴责某些鳏夫感情易变的匿名打油诗中得知,从平原地区来的一个阔佬总同一个叫弗洛丽多小姐的丰满的佛兰德美人共度良宵。虽然弗洛丽多小姐连配角都演不好,总是排在演员表的末尾,但在纵欲方面则名列前茅。勒诺芒·德梅齐老爷和她厮混了一阵之后,便依了她的主意,忽然把庄园托付给一个亲戚,自己去了巴黎。可是他的想法很快发生了惊人的变化,在巴黎过了短短的几个月之后,他便越来越强烈地怀念起岛上的一切：阳光、广阔的天地、富足的生活、做老爷的威严以及可以在溪流旁随意玩弄的黑人姑娘……这使他明白，多少年来为之奋斗的目标——重返法兰西——已不再是他的幸福的关键了。往日他咬牙切齿地咒骂殖民地，怪那里气候不好，嫌那帮来历不明的殖民者过于粗野，可这时他却带着那个因缺乏演戏才能被巴黎各剧院拒之门外的女演员回到了庄园。从此，每逢星期日，便有两部豪华的马车装点平原地区。马车驶往教区大教堂，马车夫都穿着整套制服。弗洛丽多小姐——他坚持要人们用其艺名称呼她——乘坐的四轮马车上总是有十个穿着蓝色衬裙的黑白混血种姑娘随行，她们坐在车子的后座上，没有片刻安静，叽里呱啦地说个不停，随风掀起阵阵喧哗。

这些都是二十年以前的事了。蒂·诺埃尔已同一个厨娘生下了一打儿女。庄园空前兴旺，路边长满巴西吐根①，葡萄园里的葡萄也可以用来酿造青葡萄酒了。但是，随着岁月流逝，勒诺芒·德梅齐老爷增添了怪癖和酒瘾。他患了色情狂，时时刻刻窥探年轻的女奴——她们身上的味道刺激着他的情欲。他越来越喜欢对男奴隶施以肉体惩罚，发现他们通奸时尤为严厉。那名因受疟疾折磨而形容枯槁的女演员，则由于艺术生涯的失

---

① 茜草科植物，半灌木状的多年生草本。

败,常常无缘无故地叫人抽打侍候她梳洗的女黑奴,以此发泄心中的怨恨;有时她在夜晚大喝闷酒,每逢此时,尽管已是明月高悬,她也会喝令全庄园的奴隶起来,听她一边打着酒嗝一边朗诵她想扮演而从未能如愿的那些重要角色的台词。她身披配角们——怯生生的侍女——穿的白纱,用嘶哑的声音,朗诵剧中那些精彩、激扬的段落:

我犯下的滔天大罪空前绝后,
我纵欲乱伦又设计布下骗局;
我这一双杀人的手渴望报复,
迫不及待要用无辜的血染红。

惊异的黑奴们丝毫不解其意;但是他们听出了几个词,因为那几个词在克里奥尔语中也是指那些轻则该受鞭挞、重则会被杀头的过失,所以都认为那位太太以前准犯过许多大罪,跟许许多多因在宗主国欠了债而躲到法兰西角的妓女一样,很可能是为了躲避巴黎警探的追缉才来到这个殖民地的。"罪恶"一词与岛上土语对应的词相似,法语中"法官"一词奴隶们都很熟悉;至于浑身通红的魔鬼们的地狱,他们早就听勒诺芒·德梅齐老爷续娶的妻子——反对一切肉欲的无情监察官——反复讲过。那个穿着一件在烛光下变得透明的白色睡袍的女人吐露的一切真情，肯定都不会有任何教益：

> 在地狱里审判众人的弥诺斯，
> 当他的女儿出现在他的面前，
> 被迫供出她犯下的累累罪行，
> 和在地狱里前所未闻的罪孽，
> 他那惊恐的阴魂该如何战栗！

勒诺芒·德梅齐老爷庄园的奴隶们，虽然耳闻目睹这种淫秽，对麦克康达尔的崇敬却依然如故。蒂·诺埃尔把关于那个曼丁哥人的故事讲述给孩子们听，在梳洗马匹时教他们唱他自己编的颂扬那个曼丁哥人的十分简单的歌曲。是该经常提一提那个独臂人了，因为他是为了去完成一项重要的使命才远离这块土地的，说不定哪一天，他就会回到这片土地上来。

二　最高盟约

滚滚雷声有如雪崩一般撞击着红山的悬崖峭壁，在幽深的谷地引起长时间的轰鸣。这时，北部平原各个庄园的代表们纷纷来到茂密的鳄鱼林。他们一个个满身污泥，穿着湿衬衣的身子不住地发抖。更为糟糕的是，这场因风向变化而由温转凉的八月大雨，在敲过宵禁钟之后，越下越大。蒂·诺埃尔的湿裤子一直贴到了大腿根，他力图用套在头上的折成风帽样的麻袋挡雨。尽管天黑得伸手不见五指，但他们断定不会有奸细混入会场，因为通知是在最后一刻由经过考验的人传达的。虽然大家都压低了嗓音，但讲话声仍响彻整个树林，与不停地打在摇曳的枝叶上的哗哗的雨声混成一片。

忽然，从这片聚集的黑影中，响起一个宏亮的嗓音。这嗓音能从低音域直接跳到高音域，从而使说出的话语显得分外有力。这是一篇充满愤怒的呼声和呐喊的讲话，夹杂着对神灵的祈求和咒语。演说者就是那个牙买加人布克芒。尽管他的讲话整句整句被雷声淹没，但是蒂·诺埃尔还是听明白了这一点：法国本土发生了一些事变，一些极有影响的大人物已经声明应该给黑人以自由，可是法兰西角的有钱的庄园主们——全是些婊子养的拥护君主制的臭杂种——拒不服从。布克芒说到这里停顿了几秒钟，静听着雨打树叶的啪啪声，似乎是在等待一道闪电在海的上方划过。轰隆隆的雷声一过，他宣布，这块土地上被授以宗教奥义的人已与非洲伟大的洛阿神订立了盟约，战争就要在出现吉兆时爆发。他的周围响起了一片欢呼声，他在欢呼声中发出了最后的号召：

"白人的上帝让他们犯罪，我们的神灵要我们复仇。我们将得到神灵的引导和帮助。打碎那个喝我们血泪的白人上帝的偶像！响应发自我们内心的自由的召唤！"

与会者们完全忘记了大雨浇身，虽然雨水正顺着他们的脸淌下，一直流到腹部，把腰带浸得硬邦邦的。呐喊声在暴风雨中响成一片。站在布克芒身旁的一个瘦骨嶙峋、四肢细长的黑女人，挥舞起一把祭礼上用的砍刀：

啊，快行动哪，法依奥贡！
当巴拉神已经发出雷鸣，
啊，快行动哪，法依奥贡！

当巴拉神已经发出雷鸣!

拉达祭礼的女祭司,在那片黑压压的人群的吼叫声中,向铁神、战神、锻造神、马掌神、长矛神、昌戈奥贡、康卡尼康奥贡、巴塔拉奥贡、巴拿马奥贡和巴库莱奥贡逐一祈祷:

巴达格里奥贡哪,
严厉无情的教长,
喷出胸中的怒火,
呼来急风和暴雨,
唤出卡塔翁显灵!

这时砍刀猛然扎进一头黑猪的肚子,随着三声嗥叫,猪肠子和猪肺全都迸了出来。接着,这些没有自己姓氏的代表,在听到点他们各自主人的名字时,应声出来排成一行,逐一上前抿一口盛在一只大木碗里的冒泡的猪血,然后一齐伏在湿地上。蒂·诺埃尔和众人一样,发誓永远听从布克芒的命令。这时,那个牙买加人拥抱了让·弗朗索瓦、比阿苏和让诺。他们几人那天晚上就不再返回各自的庄园了。起义的参谋部遂告成立。起义的信号将在八天后发出。他们完全有可能得到海岛另一边的西班牙殖民者的帮助，因为西班牙殖民者和法国人势不两立。鉴于有必要起草一份公告，而又无人识字，他们便想到了东东教区神甫阿耶教士的那支机敏的鹅毛笔。这是一位信奉伏尔泰思想的神甫，他自从了解了人权宣言，便对黑人表示明确的同情。

大雨使河水暴涨；为了能在工头醒来之前赶回马棚，蒂·诺埃尔只得跳进绿色的溪流游到对岸。当晨钟敲响时，他已经坐在草垛里唱歌了，半截身子埋在了经太阳一晒散发出清新气味的针茅草里。

三　螺号声声

勒诺芒·德梅齐老爷最后一次去都城回来以后，情绪一直很坏。和他一样也是君主主义者的布朗什朗德总督，对巴黎那些同情黑人命运的乌托邦傻瓜的令人生厌的胡言乱语大为光火。当然喽！坐在王冠钻石咖啡馆里或者在王宫的拱廊下，在两局牌的空隙中间，幻想各种族的人一律平等，自然非常容易！看着那些美洲港口的画片（上面饰有罗盘和面颊滚圆的人鱼）和亚伯拉罕·布律内制作的配有迪帕尔尼①诗句的在巴黎展出的版画（画的尽是些懒洋洋的黑白混血种女人、裸体洗衣妇和香蕉园的午间小憩），听着萨瓦②教区神甫的宣传，当然很容易把圣多明各岛想象成《保尔和薇吉妮》③一书中的植物天国，那里

---

① 迪帕尔尼（1753—1814），法国诗人，以写艳丽的情诗著称。
② 法国东南部地区名。
③ 法国感伤主义代表作家贝尔纳丹·德·圣皮埃尔（1737—1814）的传世之作。该书描写一对情人在远离文明的小岛上的恋爱生活及他们的悲惨结局，还描绘了岛上风光和海洋景色。

的甜瓜之所以不长在树上，是怕从那么高的地方落下来会砸死行人。早在五月份，由一群带有自由主义色彩的百科全书派平民组成的制宪议会便已决定把政治权利赋予已获自由的黑人奴隶的子女。现在庄园主们抬出内战的幽灵，这些温普芬①笔下的斯坦尼斯拉斯式的思想家对此作出的回答是："殖民地可以不要，原则不可丢。"

晚上十点钟光景，勒诺芒·德梅齐老爷由于心里烦闷，便走出屋子来到晾晒烟叶的棚子，想抓个姑娘发泄情欲，因为小姑娘们常常在这个时候溜进棚子，替她们的父亲偷烟叶。这时，从很远的地方传来一声螺号。而使人感到惊异的是，这一缓缓的螺号响过之后，山林原野里也响起了螺号声；接着，从海边、从米洛村的农舍里也传来一声又一声的紧贴着地面的螺号声，好像沿海一带所有的贝壳、印地安螺、用来固定门板的骨螺、孤寂地铺在防波堤上石化了的海螺都在齐声歌唱。突然，另一只螺号在庄园的大窝棚里吹响。接着，从靛蓝染坊、晾烟棚和马棚传来更加尖锐的螺号声。勒诺芒·德梅齐老爷惊恐失色，赶忙躲到叶子花的花丛后面。

---

① 温普芬（1811—1884），法国将军，在普法战争中曾接替麦克马洪将军指挥法军，色当一役，战败被俘。1871年写了一部回忆色当战事的书。

所有窝棚的门同时从里面往外推倒。奴隶们手持棍棒，把工头们住的房子团团围住，夺取了铁制的工具。一个会计拿着一把手枪出来，成了第一个送死的人；他的脖子从上到下被一把泥瓦匠用的大铲劙开一个大口子。黑人们用那个白人的血把手臂染红，然后朝庄园主的住所冲去，一边高声喊叫杀死庄园主、杀死总督、杀死上帝、杀死所有的法国人。不过，大多数人则被长期得不到满足的欲望所驱使，冲向地窖找酒喝。他们用镐头凿开酒桶。桶板被凿开后，桶里的红葡萄酒就像泉水一样喷了出来，染红了女人们的裙子。人们喊着，挤着，抢着酒瓶，盛烧酒和甘蔗酒的大肚瓶飞到墙上撞得粉碎。砖地上撒了一层渍香薷、渍番茄、刺山柑和大西洋鲱鱼子，这些东西和从一只皮囊里流出来的陈油混在一起，使地面变得滑溜溜的，边笑边打闹的黑人在上面不断地滑跤。一个赤条条的黑人为了寻开心，跳进一口装满猪油的大缸里。两个老太婆为了抢一口砂锅，用刚果语争吵起来。房顶上挂着的火腿和一条条腌鳕鱼全给拉了下来。蒂·诺埃尔没有挤进混乱的人群，他把嘴贴在盛西班牙葡萄酒的酒桶的放出口上，长时间地嘬着，喉结不停地上下滑动。然后，他领着他的几个年岁大些的儿子上了二层楼，因为很久以来他一直幻想着占有弗洛丽多小姐：她在演悲剧的那些夜晚，总是穿着绣有花边的长衫，长衫下隐隐露出的乳房看上去丝毫未受无情岁月的毁坏。

四 藏在约柜中的半人半鱼神[①]

勒诺芒·德梅齐老爷在一口虽说不深但很黑的枯井中躲了两天之后，又饿又怕、面无人色地从井栏边慢慢探出头来。万籁俱寂。暴乱的奴隶放火以后都到都城去了，大火仍在燃烧，要是用眼睛搜寻在天空中慢慢散开的烟柱的底部，不难发现起火的是什么地方。在神甫十字路口附近，一个火药库刚刚飞上了天。老爷朝家里走去，从会计肿胀的尸体旁走过。烧焦的狗窝里飘来一股恶臭：奴隶们在那里了结了一笔旧账，他们把狗窝的门涂上沥青，没有一条狗得以逃命。勒诺芒·德梅齐老爷走进自己的房间。弗洛丽多小姐双腿分开躺在地毯上，肚子上插着一把镰刀。她僵硬的手抓着一条床腿不放，那姿势酷似卧室里挂着的一幅题为《睡梦》的色情版画上那个沉睡的年轻女人。勒诺芒·德梅齐老爷呜呜咽咽地哭了一会儿便栽倒在她身

[①] 半人半鱼神为腓力斯人的主神。

旁。醒来之后，他抓起一串念珠，把所知道的祈祷词统统念了一遍，连小时候大人们教给他的治冻疮的祷告词都没漏掉。他就这样提心吊胆地过了几天，不敢走出这所曾落入别人之手、双门大开、任人糟踏的房子。忽然有一天，来了一个骑马的信差，那个信差急驰至后院，猛地把马一勒，马鼻子撞到了窗户上，马滑了一下，蹄子下火星直冒。惊愕的勒诺芒·德梅齐老爷总算听明白了报信人喊叫的内容。暴动的奴隶被打败了。就在当年独臂人麦克康达尔被烧成一堆散发出焦臭味的灰烬的地方，牙买加人布克芒的那颗发绿的、张着嘴的头颅已经生了蛆。对黑人的大剿灭正在进行，但仍有小股武装奴隶抢劫分散的宅院。勒诺芒·德梅齐老爷不能为了要埋葬妻子的尸体而耽误时间，便立即跳上信差的马，那马随即缓缓地往都城方向走去。远处响起一阵排枪的射击声，信差用脚踢了踢马肚子。

老爷及时赶到，救下了在军营院子里的蒂·诺埃尔和另外十二名打上他家烙印的奴隶；一对对背靠背捆在一起的黑奴正在院子里等着被砍头——因为火药省下来有用。勒诺芒·德梅齐老爷只剩下这几个奴隶了，在哈瓦那的市场上，这些奴隶总共能值六千五百银币。他要求对这几个奴隶严刑拷打，但同时请求在他找到总督之前，先不要将他们处死。布朗什朗德老爷因紧张、失眠、喝多了咖啡而哆嗦，在办公室里不停地踱来踱去。办公室的墙上挂着一幅路易十六、玛丽亚·安东涅塔和他们的长子的画像。很难从总督语无伦次的嘟囔中理出个头绪来,他一会儿咒骂那班哲学家,一会儿又重复他在寄给巴黎的许多封没有得到回答的信中所作的预言。无政府主义席卷全世界,殖民地即将崩溃。黑奴们强奸了平原地区几乎所有高贵的小姐,他们撕碎了许许多多的花边织物,在铺着细麻布床单的床上打滚,还砍下那么多管家的头,现在再也无法控制他们了。布朗什朗德老爷主张全部彻底地消灭所有的奴隶、所有的黑人和已经获得自由的黑白混血种人。凡是有非洲血统的人,不管这种血统有几分之一,也不管他来自非洲什么地方,头发卷曲与否,长得怎样,统统都要杀掉。真不该被黑人在圣诞节看到耶稣降生模型前的长明灯点燃时所发出的赞美声所欺骗。拉巴神甫第一次到这个岛上来之后就说过:黑人们就像那些把半人半鱼神藏在约柜中来礼拜的腓力斯人那样行事。这时,总督突然说出"伏都教"这个词来。勒诺芒·德梅齐老爷过去从来没注意过这个词,现在他才想起几年前都城里那个名叫莫罗·德圣梅里的脸蛋红红的、好寻欢作乐的律师曾经搜集过一些关于山区巫师野蛮做法的材料,指出有些黑人崇拜蛇。勒诺芒·德梅齐老爷想到这里,不免心绪不宁,明白了在某些场合用挖空的树干蒙上一块绷紧的羊皮做成的鼓,可以派作别的用场。就是说，奴隶们信奉一种秘密的宗教，这种宗教鼓舞着他们，使他们团结起来发动叛乱。这么多年以来，他们很可能当着他的面奉行那种宗教仪式，用节日的鼓声来传递消息，可他丝毫没有察觉。但是一个有文化的人难道会顾及信奉一条蛇的人的野蛮信仰吗？

勒诺芒·德梅齐老爷受到总督悲观情绪的感染，闷闷不乐地在都城的街上漫无目的地溜达，一直逛到傍晚。他久久地看着布克芒的脑袋，一个劲儿地朝它唾骂，直到把那几句脏话骂够了为止。他到"大块头"卢瓦宗的妓院里待了一会儿，那些穿着白色麦斯林纱的姑娘坐在放着一盆盆海芋的院子里，用扇子扇着她们袒露的胸脯。可是不论走到哪里，气氛都很沉闷。于是他朝西班牙人街走去，想到王冠旅馆喝杯酒。他看到旅馆大门紧闭，才想起旅馆的厨师亨利·克里斯托夫不久前已扔下买卖，穿上了殖民地炮兵的制服。自从他取下了多年来作为旅馆标志的镀金王冠以来，都城里再也没有一个地方能让上等人舒舒服服地吃餐饭了。勒诺芒·德梅齐老爷随便进了个酒店，一杯甘蔗酒下肚，他略微振作了精神，便和一艘运煤船的船主聊了起来。那船已经有几个月没出海了，只等填塞船缝的活儿一结束，便起锚到古巴的圣地亚哥城去。

五　圣地亚哥城

轮船绕过法兰西角。那个始终处于黑人威胁之下的城市已经落在了后面（黑人们已得知西班牙人将向他们提供武器；一些提倡人文主义的雅各宾党人也在慷慨激昂地为奴隶们的事业呐喊）。关在底舱的蒂·诺埃尔和他的伙伴们汗流浃背地躺在装煤的麻包上，与此同时，那些有身份的旅客都聚在船尾，用鼻子吸着从狭窄的风道吹来的和煦的风。旅客中有一名都城新剧团的女歌唱演员，奴隶暴动的那天晚上，这名演员下榻的那家旅馆被烧，她的全部行头只剩下一套扮演"被抛弃的狄多[①]"时用的服装；一个法国阿尔萨斯省的乐师（他保住了他的被硝石弄得走了调的击弦钢琴）不时中断让·弗雷德里克·埃德尔曼[②]奏鸣曲的节拍，观看在满是黄色蛤蜊的浅海上跃出水面的飞鱼；轮船上的其他乘客有：一个拥护君主制的侯爵、两个拥

[①] 狄多，指希腊神话中的迦太基女王和建国者。
[②] 让·弗雷德里克·埃德尔曼（1749—1794），法国作曲家。

护共和制的军官、一个披斗篷的女士和一个负责守护教堂的意大利神甫。

勒诺芒·德梅齐老爷到达圣地亚哥城的当天晚上，就上蒂沃利去了（那是最先逃到古巴的法国人刚建成的用棕榈叶盖的剧院），因为古巴人开的那些苍蝇成群、门口拴着租来的驴子的酒店实在使他无法忍受。在受了那么多的煎熬和惊吓、经历了那么大的变化之后，这家有音乐助兴的咖啡馆的气氛使他觉得振奋。咖啡馆的雅座全被他的老朋友们占了，他们全都是像他那样的庄园主，都是在那些蘸着甘蔗汁磨得飞快的砍刀的威胁下仓皇出逃的。可是奇怪的是，这些昔日的庄园主虽然已倾家荡产，变成了穷光蛋，而且家小失散，女儿们被黑人糟蹋尚未复元（这本是非同小可的事情），但是他们并不长吁短叹，反而好像变得更年轻了。另外一些较有远见的庄园主早就从圣多明各岛抽出了资金，现在他们有的转向美国的新奥尔良，有的就在古巴经营咖啡园；然而失去了一切财产的庄园主们却从自己的放荡之中，从醉生梦死、无牵无挂的生活中找到了乐趣。鳏夫们重新尝到了独身生活的好处；体面的太太们以发明家的狂热醉心于与人私通；军人们因摆脱了起床号的管束而高兴；信奉新教的小姐们涂脂粉，点黑痣，精心打扮，尝到了在舞台上听人喝彩的滋味。殖民地各个等级的资产阶级全都垮了台。现在最要紧的是学会吹小号，奏好小步舞曲的双簧管二重奏，还要按节拍敲打三角铁，使蒂沃利剧院的乐池奏起乐来。昔日的公证人抄写起了乐谱，先前的收税人如今在十二拃宽的画布上给做布景用的二十根螺旋式柱子着色；在排演的时间里，当全圣地亚哥的人都在木栅栏和缀有钉子的大门后面，挨着最近一次圣体节游行时用过的积满灰尘的巨嘴龙睡午觉时，不难听到某个素有虔诚名声的女人摆出软绵绵的姿态唱出这样的歌词：

爱情的法则要人们享用，

享用那永无尽头的欢乐！……

眼下正要举行盛大的"牧人舞会"（在巴黎早已过时的老式舞会），为了准备舞会的服装，人们不分彼此，将所有逃过黑人抢劫的箱子里的衣物尽数取出。当某位进入角色的男中音歌手在舞台上专心演唱蒙西尼[①]所作《逃兵》中的激昂的咏叹调时，他的妻子说不定就在用大王椰子树叶盖的化妆室里与人幽会。圣地亚哥城第一次听到了快三步舞曲和对舞舞曲。戴在庄园主小姐们头上的十八世纪最时髦的假发套随着轻捷的小步舞

---

① 蒙西尼（1729—1817），法国音乐喜剧的创始人之一。

曲（这种舞曲乃华尔兹舞曲的前身）快速地旋转着。一股纵欲、幻想、放荡的风吹遍全城。当地的青年开始模仿流亡者们的打扮，只有那些市议员还继续穿着他们那些总是落伍的西班牙服装。一些古巴女士瞒着她们的忏悔神甫去上法国礼节课，还学会了如何巧妙地从衣裙下伸出脚来让人注意她们的漂亮鞋子。夜晚，当勒诺芒·德梅齐老爷喝够了酒来看快要结束的演出时，他会和大家一道起立，高唱圣路易颂歌和《马赛曲》，这已是流亡者们的习惯做法了。

勒诺芒·德梅齐老爷无所事事，无心考虑做什么生意，整天不是打牌就是祈祷。他一个一个地卖掉了他的奴隶，然后随便找个赌场把钱赌掉或偿还在蒂沃利剧院欠下的债，要不就找个在码头上混饭吃的那种头发上插着晚香玉的黑女人玩玩。与此同时，当他从镜子里看到自己一天比一天苍老，不免担心上帝会很快把他召去。这个昔日的共济会成员，已不再相信共济会那套神秘的三角联系了，现在他常在蒂·诺埃尔的陪同下长时间地在圣地亚哥大教堂里喃喃地念短促而热切的祷词。蒂·诺埃尔则在某位主教的肖像下睡觉或去观看一个大声喊叫的老头指挥排演要在圣诞期间演唱的歌。那个老头态度生硬，肤色黝黑，人们管他叫埃斯特万·萨拉斯。真不明白这位教堂乐师（大家好像都很服他）为什么非要让那些唱歌的人有先有后地加入到合唱中来,让一部分人重复另一部分人已经唱过的歌词,结果吵成一片,谁听了都会恼火;不过这肯定很对这位教堂执杖人的心思——蒂·诺埃尔见那人杖不离手,指挥众人,便以为他是教堂里很有权势的人。虽然有这种不和谐的交响乐(堂埃斯特万·萨拉斯还让加进巴松管、圆号的吹奏和歌舞班小侍童的尖唱),蒂·诺埃尔仍觉得这些西班牙教堂有一种伏都教的热情,可是在法兰西角那些圣绪尔比斯修道会①的教堂里,他从未见到类似的热情。教堂里巴洛克式的镀金饰物、基督像脑袋上安的人发、安有许多装饰线条的忏悔室的神秘气氛、多明我会②修士的狗、圣像脚下踩着的龙、圣安东的猪、脸色苍白的圣本笃、黑圣母像、穿着法国悲剧演员穿的那种厚底鞋和紧身坎肩的圣乔治的像、圣诞节晚上用的牧羊人打击乐器,凡此种种,就像祭祀蛇神当巴拉的祭坛那样,以其形象、象征意义、特征和标志造成了一种打动人心的力量,一种诱惑力。再说圣地亚哥就是司暴风雨的法依奥贡,布克芒的人正是在他的庇护下发动起义的。所以,蒂·诺埃尔经常像做祷告那样,在他的像前默诵从麦克康达尔那里听来的一首古老的诗歌:

---

① 法国17世纪创建的民间宗教团体。
② 天主教托钵修会主要派别之一,由13世纪初西班牙人多明我创立。

圣地亚哥，我是战争之子；

圣地亚哥，

你不知道我是战争之子吗？

六　运狗船

一天上午，古巴圣地亚哥城的港口里一片狗叫声。几百条拴在一起的狗，在鞭子的抽打下被赶进一条快帆船的货舱里；这些狗嘴上套着罩子，仍凶猛地吠着，企图咬看管人或互相咬，它们扑向凑近铁栅的人，想咬又咬不着，可就是不肯罢休。庄园的工头、农夫和脚蹬长筒靴的猎人还在把一批又一批的狗赶来。蒂·诺埃尔听从老爷的吩咐买了一条海鲷，这时他走近那条奇怪的船，看着成群的猎犬往舱里跑，一个法国军官在一旁飞快地打算盘记数。

"这些狗要往哪儿运？"蒂·诺埃尔大声问一个黑白混血种海员，那人正张开网遮盖一个舱口。

"运去咬黑人！"海员大笑着说，笑声盖过了狗吠声。

蒂·诺埃尔听了这句用克里奥尔语说的话，一下子就明白了。他沿街向上跑，一直跑到大教堂，因为法国人带来的黑奴们常在教堂的门廊里等候他们做弥撒的主人。三天以前，迪费雷纳一家刚好来到圣地亚哥城，由于保住产业已经无望，他们只得抛下那个因抓到麦克康达尔而名噪一时的庄园。迪费雷纳的黑奴们知道法兰西角发生的事情。

波利娜从一上船起就觉得自己在这艘运送军队的三桅船上有点儿做女王的味道。船正向安的列斯群岛开去，索具随着舒展的波浪的节拍咯吱作响，她的情人——那个当演员的拉丰——因为常常对着她高声朗诵有关巴耶塞特① 和米特拉达梯② 的最真实可信的诗句，所以使她习惯了女王的角色。健忘的波利娜只模糊地记得"白色的赫莱斯本都③ 在我们的桨下"这样一些诗句，这首诗的韵律与扬帆行驶、长条旗飘舞的海洋号所掀起的泛着泡沫的尾波的节奏十分和谐，可是现在每阵轻风吹过，都要把好几句十二音节的诗句从她的记忆中卷走。由于她任着性子，非要坐肩舆走完从巴黎到布雷斯特港这段路程，所以延误了整整一支军队的出发时间。现在她可要考虑一些更为重要的事情了。在用火漆封口的大箱笼里放着从毛里求斯岛带来的披肩、牧羊女式的紧身背心和带条纹的细棉布轻纱裙，到达那个炎热地方的第一天，她就要一试新装。因为她已得到阿

---

① 土耳其苏丹。
② 古代位于黑海东南岸的本都王国国王。
③ 达达尼尔海峡的古名。

布朗泰斯公爵夫人的指点，对殖民地流行的时装式样了如指掌。总之，这次旅行实在并不枯燥。船驶过气候恶劣的比斯开湾后，船上的教士站在前甲板的最高处给集合起来的全体军官做了第一次弥撒，军官们身着威武的戎装，站在她的丈夫勒克莱尔周围。军官中不乏仪表堂堂的男子，波利娜虽然年轻，却是鉴赏男人的行家，看到男人们对她的恭敬和殷勤中掩饰着的欲火越燃越旺，她心中十分得意。她知道每当星光日益灿烂的夜晚来临，桅杆高处挂起摇曳的灯时，躺在舱里和各层甲板上的几百个男人都在睡梦中想着她。所以她每天早晨总要坐在船头靠近前桅支架的地方，做出沉思的样子，任凭海风吹散她的头发——海风使她的衣服紧紧贴在身上，把她胸部的优美线条勾勒得清清楚楚。

船过亚速海峡时，远远望得见林子里白色的葡萄牙教堂，几天之后，波利娜发现了海水的变化。一串串黄葡萄似的海浪滚滚东去，海水中似乎夹杂着一根根仿佛用绿玻璃做的簪子，蓝色浮囊般的水母拖着长长的淡红色的细丝，长着利齿的鱼凶猛无比，枪乌贼像是裹在新娘披的长长的、蓬松的白纱里。可是船已经驶进热带，军官们热得解开了扣子，勒克莱尔为了自己方便，听任他们敞着上衣，袒露前胸。一天晚上，天气特别闷热，波利娜离开了她的寝舱，裹着一件睡袍，到后甲板睡觉——她一向在那个地方长时间地睡午觉。奇怪的磷光使海水呈现出绿色。从星空中（随着轮船的前进星星日益增多）似乎降下一丝凉意。黎明时分，瞭望台上的军官发现一个裸体女人睡在后桅三角帆后面一张叠起的帆布上，不禁心痒难熬。他以为那是使女之中的一个，便想顺着一根粗绳滑到她面前。但是那个睡着的人做了一个像是快要醒来的动作，他这才发现原来那是波利娜·波拿巴。她揉了揉眼睛，孩子似的笑笑；早晨的信风吹得她毛发竖立。她以为有帆布把自己与甲板的其余部分隔开，别人不会看见，便往身上淋了几桶淡水。从那天晚上起，她每晚都在露天睡觉，她这种慷慨的、随随便便的做法很快就为众人所知，连负责组织圣多明各岛弹压警察的那个严厉的德斯梅纳尔老爷也在这尊裸体像前做起白日梦来，由她而想到希腊人的该拉忒亚仙女①。

突然出现在眼前的法兰西角和北部平原以及平原背后因甘蔗田里水汽升腾而显得朦胧的山景，使波利娜大为高兴。她读过保尔和薇吉妮的爱情故事，熟悉题为《海岛女郎》的那首有着奇特旋律的动听的美洲对舞舞曲（巴黎萨尔蒙街曾出版过这个舞曲的谱子）。穿着轻纱裙子的波利娜觉得自己简直就像极

---

① 希腊神话中的海中女神，为波吕斐斯所爱，但她爱上了牧人阿喀斯，波吕斐斯遂用石头把阿喀斯砸死。

乐鸟和琴鸟一般，她看到纤巧的新生欧洲蕨、多汁的褐色欧查果和可以像扇子那样折叠的宽大树叶。晚上，勒克莱尔紧锁眉头，对她谈起奴隶的暴乱、拥护君主制的庄园主给他制造的麻烦以及各种各样的危险。他已让人在龟岛买下一幢房子以防不测；可是波利娜不太理会他的话，继续用约瑟夫·拉瓦莱的催人泪下的小说《这样的黑人在白人中少见》来解闷，恣意享用她在童年时代——那时她只有吃干无花果、羊奶酪、陈油橄榄的份——从未享受过的这种奢华和富有。她住在离教区大教堂不远的一幢白石砌的宽敞房子里，房子四周有荫凉的花园。她让人在罗望子树的树荫下挖了个游泳池，还砌上蓝色的瓷砖，她就在那个池子里光着身子洗浴。起先她让法国使女给她按摩，突然有一天，她想到男人的手也许更加宽厚、有力，于是让曾在一家浴室当侍者的索利芒来侍候她。索利芒不仅要照料她的身体，还要为她搽杏仁汁、刮汗毛、修理脚指甲。波利娜常在索利芒给她洗澡时，在池子里隔着水触摸他那坚实的体侧来取乐，她知道那个奴隶每时每刻都在受着欲火的煎熬，并且总是以那种被鞭子激怒的狗所特有的假装温顺的表情偷偷地斜着眼睛看她。她常常用绿树枝轻轻打他，看到他故意做出很疼的样子而开怀大笑；其实她对索利芒是满意的，因为他在服侍她打扮时，总是显得那样倾心和周到。所以当这个黑人利索地替她办完一件事或循规蹈矩地领了圣餐时,她会让他跪在地上吻她的腿,他这时的表情在贝尔纳丹·德·圣皮埃尔①的笔下,一定会被描绘成一个纯朴的灵魂在启蒙运动的高尚努力面前表露出来的真诚的感激之情。

波利娜就这样在睡午觉和伸懒腰中打发她的时间,把自己当成薇吉妮或阿达拉②,但这并不妨碍她在勒克莱尔去南方时,找个年轻、热烈而英俊的军官来取乐。可是一天下午,那个在四个黑人的协助下给她梳头的法国理发师突然倒在她的面前,口中吐出腥臭的半凝固的血。一个身穿带银点的紧身上衣的可怕的瘟神开始来惊扰波利娜·波拿巴的热带梦。

---

① 即前面提到的《保尔和薇吉妮》一书的作者。
② 法国作家夏多布里昂(1768—1848)同名小说中的女主角,为爱情自杀,是爱情与宗教矛盾的牺牲品。

七　圣特拉斯托尔诺经

第二天早晨，在刚从疫疠肆虐的村庄回来的勒克莱尔的催促下，波利娜带着黑人索利芒和提着大包小包的侍女仓促逃到龟岛。最初几天，她不是在一片细沙的海湾里洗浴，便是用亚历山大·奥利维里奥·奥斯梅林外科医生写的回忆录来消磨时间；这个医生非常熟悉在美洲活动的海盗们的习惯和行径，岛上那座丑陋的要塞的残垣断壁便是海盗们胡作非为的明证。当她从卧房的镜子里照见自己被太阳晒得黝黑，简直成了娇艳的黑白混血种女人时，不由得笑了起来。然而好景不长。一天下午，勒克莱尔拖着遭受凶恶的寒热病袭击的沉重身体在龟岛下了船。他眼白发黄。照管他的军医让他服用了大剂量的大黄。

波利娜惊心掉胆。本来已经很淡薄的有关阿雅克肖[①]流行霍乱的记忆，现在重又在她的脑际涌现：穿黑衣服的男人扛着

[①] 法国科西嘉岛的首府。

棺木从屋里出来；披黑纱的寡妇在无花果树下号啕大哭；戴孝的姑娘向父亲的坟墓扑去，人们只能硬把她们从墓地拖走。突然，她觉得儿童时代经常感到的那种被囚禁的感觉重又向她袭来。现在她只感到那个土地龟裂、岩石发红、荒野满是仙人掌和蝉的被大海包围的龟岛，与她出生的那个海岛极其相像。逃是逃不掉的。那个愚蠢地招来了死神的人正奄奄一息地躺在那扇门后面。波利娜深信医生们已无能为力，便转而听从索利芒的劝告，他建议用香、靛蓝和柠檬皮的烟来熏，再念一些法力无穷的经，如《判官经》《圣乔治经》《圣特拉斯托尔诺经》等等。波利娜让人用芬芳的草和下脚烟叶浸的水冲洗所有的房门。她跪在乌木雕的耶稣受难像前，做出颇像乡下女人的那种虔诚的样子，和那个黑人一起，每念一串祈祷词就喊一声：魔鬼、快、够了、闪开、阿门等等。从另一方面来说，这些巫术（如在柠檬树干上钉钉子组成十字）使波利娜心底里的科西嘉人的血液重又沸腾起来，她在内心深处更相信黑人的那种有生气的宇宙起源观，而不相信瞻礼规程那一类谎言；正因为不信这一套，她才获得了生存的意识。现在她悔恨自己平日为了追求时髦而嘲弄那些神圣的东西。勒克莱尔的垂危加剧了她的恐惧，使她更加靠近那个索利芒用咒语呼唤的神的世界，那个黑人是海岛的真正主人，唯有他能防止从另一个世界降临的灾难，当一切药方都不灵验时,他是唯一能指望的医生。为了阻止有毒的瘴气从海上传来,那个黑人把一些用半个椰壳制成的小船放进水里,小船上还装饰着从波利娜的裁缝那里弄来的丝带。那些都是献给海神阿瓜苏的供品。一天早晨,波利娜在勒克莱尔的行李中发现了一个战舰模型,她拿起来就朝海边跑,让索利芒把这件艺术品也加进他的供品中去。要用一切办法抵御疾病:许愿、忏悔、苦行、斋戒、祈求一切愿意听她祷告的神鬼,哪怕是她幼年时想象中的魔鬼伸过毛茸茸的耳朵来也好。突然,波利娜开始用一种很奇特的方式在家里走动,总是避免踩到石板的接缝处,因为众所周知,石板之所以切割成方块,是由于共济会成员的亵渎宗教的煽惑,他们希望人们每时每刻践踏十字。索利芒已不再用香气浓郁的香料和清凉的薄荷水为她涂抹胸部了,现在他用的是白酒浸的软膏、捣碎的草籽、黏糊糊的浆汁和家禽的血。一天下午,几个法国使女惊恐地看到那个黑人围着披头散发跪在地上的波利娜跳一种奇怪的舞。索利芒赤身裸体,只系一条腰带,腰带上垂下一块遮羞的白手帕,脖子上挂着几个蓝色和红色的项圈,他挥舞着一把生锈的砍刀,像鸟一样地蹦来蹦去。两个人还发出声声长号,这声音好像从心底发出,犹如狗在月夜发出的哀号。一只被割了脑袋的公鸡在撒满玉米粒的地上扑打着翅膀。那个黑人见有个使女在偷看,便怒气冲冲地飞起一脚把门关上。那天下午，还有几个圣像被倒挂在房梁上。索利芒现在寸步不离波利娜，晚上就睡在她卧室的红地毯上。

被黄热病缠身的勒克莱尔终于一命呜呼，波利娜差一点精神失常。现在她觉得热带十分可憎：谁家有垂危的病人，谁家的房顶上必然有兀鹫在耐心地等待。波利娜让人把她那个穿着军人礼服的丈夫的遗体放进一口雪松木棺材，然后匆匆忙忙地登上斯威兹伯号轮船。她瘦了许多，眼圈发黑，胸前挂满驱邪的布条。东风拂面，巴黎在她的感觉中似乎越来越清晰地出现在船头，硝盐正慢慢地侵蚀棺材上的铁环，这一切，使这个年轻的寡妇很快脱下了她的苦行服。一天下午，海上风浪大作，龙骨的木头发出可怖的吱嘎声，波利娜披的黑面纱缠在了那个负责守护勒克莱尔将军遗体的年轻军官的马靴上。在她那个放着穿旧了的美洲服装的藤篮里，有一个索利芒制作的路神莱格巴的像，它将为她打开一切通向罗马的道路。

波利娜的离去标志着那块殖民地已完全失去了理智。现在是罗尚博在统治着这个殖民地，平原地区剩下的庄园主们对恢复往昔的好光景已失去信心，成天无休止地纵酒作乐，一个个忘记了时间，也不分白天和黑夜。他们只想狂饮纵欲、穷奢极侈，他们要在新的灾祸到来之前及时行乐。总督为了得到女人而随意封官赏赐。都城的夫人们嘲笑勒克莱尔生前颁布的法令，因为那条法令规定"凡与黑人私通的白人妇女，不论身份高低，一律遣送回法国"。许多女人搞起了同性恋，毫无顾忌地把她们称之为"心肝儿"的黑白混血种女人带到舞会上。奴隶们的女儿未成年就遭强奸。胡闹很快发展成了暴行。罗尚博开始在节日里放狗咬黑人，如果狗不肯当着这么多身穿绫罗绸缎的高贵人士撕咬黑人，他们便用剑来刺那个受害者，必得见到刺激食欲的鲜血流淌才罢休。总督认为，这种做法能使黑人俯首帖耳，所以他下令从古巴弄来大批猎犬。

"让它们把黑鬼的肉吃个够！"

蒂·诺埃尔见到的那艘船驶进法兰西角港湾的那一天，一条从马提尼克岛来的满载毒蛇的快帆船同时靠了岸。总督想把这些毒蛇放到平原地区，去咬那些散居在各处并常常帮助逃奴的农民。不过，这些蛇都是当巴拉神的子孙，它们在产卵之前就会死去，与旧政权的最后一批殖民者同时消灭。现在，伟大的洛阿神在保佑黑人的兵戈。谁有战神庇护，谁就能取得胜利。奥贡·巴格达里正把利刃指向理智女神的最后的防线。正像所有那些因有人阻止日落①或用号角摧毁

---

① 典出《圣经》，摩西之后的犹太首领约书亚与耶路撒冷国王交战，为赢得获胜所需时间，曾使太阳停止不动。

城墙①而世代传诵的战斗那样,在那些日子里,果真有人用胸膛去堵敌人大炮的炮口,也有人运用法力使枪弹打不进他们的身体。也就在这个时期,田野里出现了一些既未受剃礼也未被授职的黑人教士,人们称他们为平原神甫。他们在垂死者的草垫前用拉丁语祈祷时,和法国神甫同样博学,但他们的话听上去更顺耳,因为他们念《天主经》或万福玛利亚祈祷文的口音和声调,很像念大家所熟悉的另外一些祈祷词的音调。黑人们终于可以自己料理某些生者和死者的事了。

---

① 典出《圣经》,约书亚按上帝旨意包围耶利哥城达七日,抬来约柜,并由七名祭司吹号为先导,人们紧随其后,绕城七圈,约书亚一声令下,人们齐声高喊,城墙当即倒下。

第三部

遍地都是黄金做的王冠,有些王冠大得简直抬不起来。

——洗劫无忧宫的见证人卡尔·李特尔[1]

---

[1] 卡尔·李特尔(1779—1859),德国地理学家。

一 标 记

从那条刚停靠在圣马克城码头的船上走下一个虽已年迈却还很结实的黑人，那黑人骨节突出、皮肤粗糙的双脚，稳稳地支撑着他的身体。北部起伏的群山在远处展现出熟悉的轮廓，淡淡的山色几乎与天色相仿。蒂·诺埃尔急匆匆地抓起一根很粗的愈疮木棍子，走出了圣马克城。自从勒诺芒·德梅齐老爷与古巴圣地亚哥城的一个地主斗牌，把他输给那个地主时起，已过去了不少岁月。在那之后不久，勒诺芒·德梅齐老爷就在穷愁潦倒中死去了。蒂·诺埃尔转到这位生于美洲的新主人手中以后，他的生活比起原先北部平原法国人治下奴隶们过的那种生活来，无疑要好得多了。他把主人每年圣诞节时给他的一点钱全都积攒了起来，终于付得起一个渔船船主向他索取的搭乘渔船的钱。蒂·诺埃尔虽然身上打着两个烙印，但他已是自由人了。现在他行走在一块废除了奴隶制的土地上。

他走了一天，来到拉蒂博尼特河边，躺在一棵树下过夜。

第二天天一亮,他又继续沿着一条两旁长满野葡萄和竹子的路往前走去。几个在路旁刷马的人冲着他喊了几声,他虽然听不明白,可还是随便说了点什么算是回答。蒂·诺埃尔就是独自一人时,也从不感到孤寂。他早已学会了与椅子、锅、母牛、吉他乃至自己的身影交谈。这一带的人很快活。可是拐过一条小路之后,树木、花草好像都干瘪了,全都成了枯枝败叶,满是土块的红色土壤也变得像是地窖里的尘土。已经见不到整齐的墓地和墓地上刷了一层白垩的小小的坟墓了(那些坟墓很像希腊神殿,但小如狗窝)。这里的死人就埋在大道旁,埋在那片长满仙人掌和金合欢的悄然无声、充满敌意的平原上。路旁有时可以见到四根房柱子上残留着的棕榈叶屋顶,这意味着那一带的人慑于凶恶的瘴气而背井离乡。这里生长的植物叶片锋利,长着芒和刺,或分泌有毒的乳状液体。蒂·诺埃尔向路上偶尔遇到的人打招呼,但得不到回答,那些人就像他们的鼻子朝地的狗那样,两眼望着地走路。蒂·诺埃尔突然停下,倒吸了一口气。一只被绞死的山羊吊在一棵长满刺的树上。地上布满了带警告性的标记:三颗石子摆成半圆形,一根弯成尖拱状的细树枝像门一样支在地上。再往前走,一根渗出胶质液体的树枝上吊着一排小黑鸡,小鸡脑袋朝下,一只爪子绑在树枝上,不停地摇来晃去。蒂·诺埃尔绕过所有这些标记,又见到一棵长满黑刺、四周放着供品的狰狞的树。在它那扭曲的、像葡萄藤或折断了的牛角似的树根中间，嵌着好几根路神莱格巴的拐杖。

蒂·诺埃尔双膝跪下，感谢上天遂了他的心愿，让他回到这片结有人神之盟的土地。因为他像古巴圣地亚哥城所有的法国黑奴一样，知道德萨利内[①]之所以获胜，是因为进行了超乎寻常的准备（洛科神、佩特罗神、铁神、风神、卡普拉奥神、林神马里内特以及所有司火药和司火的神全都参与其事）；狂暴达到了可怕的地步，一些人被咒语抛到半空或打落在地。然后，人们把鲜血、火药、面粉、咖啡粉揉成祭祀用的足以使先辈们回首的面团。这时，圣鼓敲响，参加了秘密宗教的人在火堆上相互敲击他们的兵戈。当高潮出现时，就有一个受神灵启示的人骑到由两个叠在一起的人组成的半人半马怪的背上，然后一路嘶叫着，朝海边奔驰而去；在黑夜的那一边，在许许多多黑夜的那一边，大海正轻轻地冲刷着神灵们管辖的世界的边界。

[①] 德萨利内（1758—1806）原为海地黑奴。1803年领导海地人民推翻了法国殖民统治，1804年1月宣布海地独立，并于同年称帝，两年后遭暗杀。

二　无忧宫

蒂·诺埃尔走了几天之后，开始认出路上一些熟悉的地方，他从溪水的滋味中记起自己曾多次在这条蜿蜒流向海边的溪流的下游洗过澡。他从麦克康达尔当年浸泡毒草的山洞附近走过。他越走越急，沿着狭窄的东东山谷往下走，来到了北部平原，然后沿着海岸，朝勒诺芒·德梅齐老爷的旧庄园走去。

蒂·诺埃尔见到了像三角形的三个顶点那样排列的三棵木棉树，知道自己已经到达庄园。但庄园已被夷为平地，靛蓝作坊、晾晒场、马厩、熏肉架子全都无影无踪。整幢宅院只剩下一个被常青藤覆盖的砖砌的炉灶，那些常青藤因找不到背阴的地方，已被烈日晒焦；仓库只留下嵌在土中的几块石板；小教堂只露出风向标上的铁铸公鸡。随处可见的残垣断壁像一个个破损的粗大字母。松树、葡萄藤和从欧洲移来的树木均已荡然无存，更不用说那片长着白白的芦笋、结实的洋蓟头、清香的薄荷和茉荞栾那草的园圃了。整个庄园成了一片荒地，只有一条道路横贯其中。蒂·诺埃尔在庄园的一块界石上坐下——对于一个不是像他那样了解往事的人来说,那不过是块普通的石头。他正在和蚂蚁说话,忽然听得一阵响声,便回头张望。几个穿着簇新军服的人骑马小跑着朝他这边驰来,他们穿的蓝色上装上满是金属包头的带子和饰物,金银丝绣垂下缕缕穗子,领子上镶着金银绦带,仿羚羊皮的裤子上也有金银饰带,头盔上插着天蓝色的羽饰,脚蹬轻骑兵的马靴。看惯了简单的殖民军军服的蒂·诺埃尔面对这种拿破仑式的气派万分惊讶;那些和他同种族的人,对这种气派崇拜到了无以复加的地步,就连那位科西嘉人①的将军们都无法与之相比。军官们像是裹在一团金黄色的灰尘之中从他身边经过,朝米洛村的方向驰去。蒂·诺埃尔像着了魔似的顺着路上的马蹄印往前走。

穿出一片树林之后,蒂·诺埃尔发现自己仿佛置身于一个茂盛的花果园里。米洛村四周的土地全都像大园子那样精耕细作,田里水渠纵横,长着秧苗的田垄一片葱绿。地里有许多人在手持皮鞭的士兵的监视下耕作。那些士兵不时地朝某个偷懒的扔去一块卵石。蒂·诺埃尔看到监督干活的是黑人,干活的也是黑人,马上想道:"那是犯人。"这种情形与他在古巴圣地

---

① 指拿破仑,因为他出生于法国的科西嘉岛。

亚哥城所形成的观念大相径庭（在圣地亚哥城，他有时能找到机会参加晚上在"法国黑人议事厅"举行的跳顿巴舞和卡塔舞的欢会）。蒂·诺埃尔突然停住脚步，呆若木鸡地望着他有生以来从未见过的最意外、最雄伟的景象：在一片被一条条深谷刻出紫色凹纹的山上，耸立着一座粉红色的宫殿。那是一座有着弧形窗户的王宫，因为是修筑在带石阶的高高的座石之上，所以看上去真像在半空中似的。宫殿的一侧是一排排很长的铺着瓦的屋檐，想必是些附属的房屋、营房和马厩；宫殿的另一侧是一个圆形建筑，白色的柱子支撑着建筑物的穹窿屋顶，几个身穿白袍的教士正从那里走出来。蒂·诺埃尔走到跟前，渐渐看清了宫里的花坛、雕像、拱廊、花园、藤架、人工溪流和错杂纷繁的锦熟黄杨木。在几根支撑着一个用黑木雕成的大太阳的壁柱下，有两只守门的铜狮子。在宫殿的大广场上，穿白制服的军人忙忙碌碌地来来去去，全都是些头戴两角帽、衣服上的饰物亮得耀眼的年轻尉官，只听得他们大腿上横挎着的马刀发出嚓嚓的响声。从一扇敞开着的窗子里可以看到一支为舞会伴奏的管弦乐队正在认真排练。宫殿的窗户里还露出头上插着羽毛、丰满的胸部被束得过高的胸衣高高托起的贵妇人们的身影。两个身着制服的车夫在院子里用海绵擦着一辆整个镀金的、刻有许多太阳的高大的四轮马车。蒂·诺埃尔从有许多教士走出的那个圆形建筑前经过，看到那是一座教堂，里面挂满窗幔、旗帜和天篷，还有一尊高大的圣母像。

最使蒂·诺埃尔吃惊的是，他看到这个连法兰西角的总督们都未曾领略过的奇妙世界竟是一个黑人的世界：那些围着一个饰有人鱼的喷泉跳舞的长着结实臀部的漂亮夫人是黑人；那两个夹着公文皮包，从正台阶上走下来的穿白色长袜的部长也是黑人；那个圆帽上缀有白貂尾的厨师——他正从宫廷狩猎官领进来的村民肩上接过一头大猎物——是黑人；在练马场上骑马小跑的轻骑兵同样也是黑人；那个戴着银项链，与驯鹰官一起在花园里看黑人演员排演的侍酒官，以及那几个戴白色假发套的侍从（他们身上的金扣子由一个穿绿色上装的总管计数）统统都是黑人；就连教堂大祭坛上耸立着的朝着排练《圣母颂》的黑人乐师温和地微笑的圣母也是一个很黑的黑圣母。蒂·诺埃尔明白自己来到了无忧宫，那是亨利·克里斯托夫国王喜爱的住处。这位国王就是当年那个在西班牙人街当厨师的王冠旅馆的老板，正是这个亨利·克里斯托夫，如今让人把他姓名的第一个字母铸在钱币上，底下还铸上这样一个骄傲的口号："上帝，我的事业和剑。"

老黑人背上挨了结结实实的一棍子。他还没来得及说什么，一个卫兵就踢着他的屁股，把他押进一个营房。蒂·诺埃尔见自己被关进牢房，就嚷了起来，说他认识亨利·克里斯托夫，说他还知道亨利·克里斯托夫当时就已娶了常去勒诺芒·德梅齐庄园的一个获得自由的织花边女工的侄女玛丽亚·路易莎·科达维做妻子。可是根本没人理他。下午，他和其他几个囚犯一道被带到主教帽山的山脚下，那儿堆放着大堆建筑材料。有人递给他一块砖。

"搬上去！……再回来接着搬！"

"可我已经上了年纪。"

蒂·诺埃尔的脑袋当即挨了一棒。他不再说什么，便加进了由儿童、怀孕的姑娘、妇女、老人组成的长长的队伍（所有这些人都像他那样拿着一块砖），开始攀登陡峭的山峰。他回头望了望米洛村。下午，宫殿的颜色更加接近玫瑰红。穿着带穗饰的缎子衣裙的阿泰纳伊丝和阿玛蒂丝塔两位公主，在一尊波利娜·波拿巴的半身像旁打羽毛球，那尊半身像曾是波利娜在都城的府邸里的装饰。王后的神甫——整个画面中唯一的一张白人面孔——正在给王储念普鲁塔克①的《列传》，由部长们簇拥着在王后的花园里散步的亨利·克里斯托夫得意地看着这一

---

① 普鲁塔克（约46—120），古罗马时代的希腊传记作家、散文家，《列传》为其代表作。

情景。在充满寓意的大理石塑像下有几簇修剪成王冠和凤凰形状的锦熟黄杨木，一朵白玫瑰就开在那几棵黄杨木之上，国王陛下走过这里时，漫不经心地抓起了那朵玫瑰花。

三　牺　牲

在脚手架林立的主教帽山的山顶上，高高挺立着那第二座山——山上山，即拉费里埃城堡。一些奇异的犹如锦缎一般平整而有花纹的肉色蕈类在盖满了扶壁和拱柱之后，已爬上了主塔的侧堤，在红褐色的墙上伸展它的息肉般的轮廓。那个高耸入云的砖砌庞然大物大得望不到头，一条条纵横交错的地道、暗道、隐秘通道和陡立的楼道被掩蔽在深沉的阴影底下。像是从水缸里透出的灯光，穿过潮湿的水汽从射击孔和通风口的高处射下，那光似乎被已在空中连成一片的欧洲蕨染成了灰绿色。地狱般阴森的楼梯把三个主要炮台与火药库、炮兵祈祷室、厨房、蓄水池、锻炉、铸造车间、地牢连接在一起。在练兵场中央，每天都要屠宰几头公牛，好用它们的血拌成浆去修筑这个坚不可摧的堡垒。在靠海的那一边，在能把令人目眩的北部平原尽收眼底的山巅，工人们已经在给王宫的厅堂、内室、餐厅、台球房抹灰浆了。嵌入城墙的车轴上架起了活动桥，砖石就从这些活动桥运到顶层平台上去，平台的内外两侧皆临深渊，令建筑者们心惊胆战。经常有提着灰浆桶的黑人连人带桶掉进空中，马上就会有另外一个人来替代他，谁也不会再去想那个掉下去的人。数百人在鞭子和枪口的监视下，在那个巨大的建筑物里干活，修筑着只有在皮拉内西的假想建筑物中才能见到的工程。第一批大炮已经从陡峭的山坡上用绳索拉了上来。这些大炮被安放在置于昏暗处的沿着带拱顶的大厅排开的雪松木炮架上。大炮的射击孔控制着全国所有的关口和隧道。这些炮中有三门极其光滑、铜铸的炮身近乎金色的大炮，三门炮分别取名为西庇阿、汉尼拔和哈米尔卡①；旁边是几门一七八九年以后制造的大炮，上面铸有尚未确立的"自由、平等"口号；还有一门西班牙大炮，炮筒上铸有"忠诚而不幸"这样一条忧郁的铭文。除此之外，还有几门口径更粗、炮筒上花纹更多的大炮，上面有太阳王②让人铸上的"国王的最后手段"这一狂妄的标记。

当蒂·诺埃尔把他搬上山的那块砖放在城墙脚下时，已经临近午夜了。可是城堡的修筑工作仍在火堆和火把的微光下继

---

① 西庇阿、汉尼拔、哈米尔卡系布匿战争中的人物。西庇阿为古罗马统帅，打败过迦太基统帅汉尼拔；哈米尔卡系汉尼拔的父亲，也是迦太基统帅。
② 指宣称"朕即国家"的法国国王路易十四（1643—1715）。

续。有人在路旁的大石料或滚落下来的大炮上睡着了，有的则倚着爬坡时跌得脑袋肿起大包的骡子睡觉。蒂·诺埃尔精疲力竭地躺倒在吊桥底下的一个坑里。快拂晓时，他被鞭子抽醒，从高处传来天一亮就要宰杀的公牛的叫声。冷漠的云飘过，新的脚手架又竖了起来，过了一会儿，整座山就又响起人和马的叫声、军号声、鞭子声以及被露水打湿的绳索发出的吱嘎声。蒂·诺埃尔开始下山，到米洛村去搬另一块砖。一路上，他看到所有的山坡上，所有的山路、小道上，满是拿着砖的排成密集行列的妇女、儿童和老人；他们把砖放在城堡脚下，城堡就用这些年复一年、不分旱季雨季源源不断地运来的烧过的黏土一点一点地修筑起来——那情景就像兔子和白蚁用沙粒筑窝一样。蒂·诺埃尔很快得知，这项工程十二年前就已开始，整个北部地区的居民都被抓来修筑这座难以置信的建筑物；一切抗议的企图均被扼杀在血泊之中。老黑人爬上爬下，不停地走着，他开始想到，无忧宫里的室内乐队、华丽的制服，还有在花坛里修整过的锦熟黄杨木中间放着的座石上刻有蝶花的在阳光下取暖的白种女人的裸像，统统都是役使奴隶的结果，这和他当年在勒诺芒·德梅齐老爷的庄园里所遭受的那种奴役同样可恶。也可以说，现在的情形更糟，因为挨一个和自己一模一样的黑人的打，那是最大的不幸：那个打人的人也像自己一样长着黑皮肤、厚嘴唇、卷头发、扁鼻子，也和自己同样低贱，身上说不定也被人烫过同样多的烙印。这就像在同一个家庭里，儿女们打父母，孙子打祖母，儿媳妇打烧饭的婆婆一样。再说，昔日的庄园主除非失手，一般不愿把奴隶打死，因为打死一个奴隶无异于破一次财。可现在死一个黑人，国库不会受到任何损失，只要有会生养的黑女人——无论过去或将来，黑女人们总要生养——就不愁没有人把砖搬上主教帽山的顶端。

克里斯托夫国王常在骑着马的军官们的护卫下，到城堡里了解工程的进展。这位君主身体矮小，结实，扁鼻子，胸廓呈桶状，下巴似乎陷进带刺绣的衣领里；他巡查炮台、锻炉、铸造车间，脚跟上的马刺在没有尽头的楼梯的高处敲得直响。他那拿破仑式的两角帽上缀着一个像圆睁的鸟眼般的双色花结。有时，他甩一下手里的鞭子，下令把某个正好被他撞见的偷懒的人或在陡坡上拉石料拉得太慢的人处死。巡查完毕，他总要让人把扶手椅搬到面对大海的顶层平台上去，平台底下就是万丈深渊，即便是常来这里的人，见了也要闭上眼睛。他就在那高于一切、凌驾一切的云崖之巅，挺立在他自己的影子之上，估量着他的全部权力。如果法国企图夺回这块海岛，他，亨利·克里斯托夫——"上帝，我的事业和剑"——就可以在那里，在云端中，和他的整个宫廷、他的军队、教士、乐师、非洲侍童、宫内小丑，一起抵抗下去，需要打几年就打几年。将会有一万五千人待在他的身边，待在这个粮草弹药一应俱全的巨大建筑物里。只要把整座城堡那个唯一城门的吊桥吊起来，拉费里埃城堡就将自成一个国家，主权、君主、财源、排场，哪一样也不会少。因为在城堡底下，那些平原地区的黑人会忘记自己为修筑城堡所付出的血的代价，他们将仰望这座堆满玉米、火药、铁和黄金的堡垒，心里想着在那猛禽飞不到的山巅（下面的世界对于那个地方来说，只不过是隐约可闻的钟声和鸡啼声罢了），一个和他们肤色相同的国王在靠近苍天之处（哪儿的苍天都一样）等待着奥贡神那铜蹄声嗒嗒的万匹战马奔腾而至。塔楼是在被宰了来取血的肚皮朝天的公牛的一片惨叫声中修筑起来的，这种做法自有其道理，修造者们清楚地知道牺牲的深刻含义，虽然他们对那些不知就里的人说，那不过是采用军事建筑技术上的一项新成就罢了。

四　囚　徒

　　当城堡即将竣工，只需要泥瓦匠而不太需要运砖的人时，纪律开始松弛；虽然仍然需要人手把臼炮和长炮拖上陡壁，但许多妇女回到了她们那结满了蜘蛛网的炉灶旁。一天早晨，蒂·诺埃尔混在那些因派不上用场而被放回家的人中间，头也不回地悄悄走了。城堡上，公主炮台一侧的脚手架已经拆除，一根根木料还在用杠子撬着，一点一点地往上移，这些木头将用来铺房间的地板。蒂·诺埃尔对这一切丝毫不感兴趣，他只希望赶快回到勒诺芒·德梅齐的旧庄园里住下，就像鳗鲡渴望回到它出生的烂泥塘那样。他一回到那里，便觉得自己似乎是那片土地的主人了，只有他了解这片高低不平的土地掩盖着的一切，他用砍刀东劈西伐，清理出一片废墟。砍倒两棵金合欢树之后，露出了一截墙壁；拨开一棵野葫芦的叶子之后，出现了铺在庄园饭厅里的蓝色细砖。蒂·诺埃尔把棕榈叶盖在原先厨房的倒塌了半截的烟囱上，算是有了一间卧房，不过他必须爬着进去，他又在"房"里铺满野谷穗，好让他那在主教帽山的山路上挨够了打的身子得到休息。

他在那里熬过了刮风的冬季和接下来的雨季。夏天来临时，他因吃了很长时间的青果子和烂芒果而腹胀如鼓。他还是不敢到大路上去，唯恐克里斯托夫的人又来拉夫，去修什么新的宫殿；说不定就是修那座曾听人说起过的位于拉蒂博尼特河边的宫殿，据说那座宫殿的窗户和一年的天数一般多。可是又过了几个月，还是没发生什么事情，蒂·诺埃尔再也受不了那份煎熬，便走上了去法兰西角的路。他沿着靠海的那条若隐若现的小路走，当年他常跟在主人后面，骑着牙没出齐的小马（就是那种跑起来如小鼓敲响、脖子上长着讨人喜欢的褶皱的小马），从这条小路走回庄园。城里毕竟不错。在那里，总能用一根带杈的树枝钩到一点东西，放进背在肩上的袋子里；城里总是有好心的妓女，她们乐于舍钱给老年人；城里还有集市，集市上有演奏音乐的，耍动物的，还有会说话的假人和与前去喝酒而不是讨吃食的人说说笑笑的厨娘。蒂·诺埃尔感到一股寒气直往骨髓里钻。他怀念起当年庄园地窖里那些方方的厚玻璃瓶子，瓶子里放满浸在酒里的各种果皮、带香味的草、黑莓、芥菜，一开瓶塞就会流出清香的色酒。

可是蒂·诺埃尔发现整座城市像是在等待死亡，所有的门窗、所有的百叶窗、天窗似乎都在注视着大主教辖区的街角，这种焦虑的等待似乎把一幢幢房子的正面墙壁都扭曲成了愁眉锁眼的人脸。屋檐伸出了一截，街角挺出了它的尖棱，雨水在墙上的痕迹犹如一个又一个的耳朵。在大主教辖区的街角，一堵新墙的水泥刚干：那是刚刚封死的一幢带高墙的石砌建筑，墙上只留有一个小孔。从这个像没牙的嘴巴似的黑乎乎的洞口里，常常突然传出凄厉的号叫，这叫声使所有的居民不寒而栗，使家里的孩子们啼哭不止。每当这时，怀孕的妇女总要用手捂住肚子，路上的行人来不及画完十字，拔腿就逃。那个街角的哀号和含混不清的叫喊一声接着一声；接着，从喊出了血的已经嘶哑的喉咙里迸发出斥骂声、含糊不清的威胁、不祥的预言和诅咒声；然后，骂声变成哭声，那哭声从心底冲出，像是从老人嗓子里发出的婴儿的啼哭，这比先前的喊声、骂声更加瘆人；最后，哭声化作三拍的鼾息，又渐渐拖成长长的喘息声，直至变成一般的呼吸声。大主教辖区的街角昼夜不停地发出这些声音。法兰西角的居民谁也无法入睡。谁也不敢从附近的街道走过。居民们躲在家里，在最里面的房间里低声祷告。大家甚至没有勇气谈论这件事。因为被关在那幢建筑物里的方济各会的教士不是别人，正是昂塞公爵科尔内耶·布勒伊——亨利·克里斯托夫的忏悔神甫。他被活活地埋葬在他的祈祷室里，国王判处他在这个刚刚封死的囚室里等死，罪名就是：他知道国王的所有隐私以及拉费里埃城堡（城堡的肉色塔楼已多次遭到雷电的袭击）的所有秘密，可他居然想回法国去。玛丽亚·路易莎王后可能抱着丈夫的腿为他求过情，但无济于事。亨利·克里斯托夫刚刚还在咒骂圣彼得不该再次降雷电袭击城堡，自然不会被一个法国神甫的革除教籍的叫喊所吓倒。再说，王宫里现在又有了一个得宠的教士，这就更加万无一失。那是一个戴着长长的瓦形帽的西班牙神甫，喜欢跑来跑去，说东道西，也爱用他那优美的男低音唱弥撒经，大家都叫他胡安·德迪奥斯。这个滑头的神甫吃腻了海岛另一边的鹰嘴豆和粗俗的西班牙人做的饭食，觉得海地宫廷里的生活更加舒服，宫中的侍女不断地给他端来带光泽的新鲜水果和葡萄牙好酒。有谣传说，科尔内耶·布勒伊之所以遭到如此可怕的不幸，就是因为这个西班牙神甫在教他的猎兔犬从法国国王的脑袋上跳过的那一天，当着克里斯托夫的面"随口"说了些什么。

那个身陷囹圄的神甫被关了一周之后，声音渐渐微弱，变成若有若无、难以分辨的喘息声。接着，大主教辖区的街角便陷入了死一般的寂静。对于一个已经不相信有安静的城市来说，那是一段过于漫长的时间；忽然，一个新生儿的无知的啼哭打破了宁静，于是生活重又回到往日的轨道上来，重新响起了叫卖声、告别声、晒衣服女人的闲谈声和歌唱声。蒂·诺埃尔这时才得到机会往他的袋子里装了一些东西，他从一个喝醉了酒的水手那里要到了够喝五杯酒的钱，就一杯接一杯地灌了下去。他借着月光，步履踉跄地踏上了归程，这时他隐隐约约地记起一首老歌，过去他从都城回庄园时总要哼那首歌。那是一支辱骂一个国王的歌。这一点很要紧：辱骂国王。一路上，他就这样一刻不停地骂着亨利·克里斯托夫，想象着剥夺他的王位和显赫；蒂·诺埃尔觉得回庄园的路非常短，所以当他在野谷穗垫子上躺下时，真有些怀疑自己是否果真去了法兰西角一趟。

五　八月十五日纪实

"我是加的斯①的高傲的棕榈,又是杰里科②的玫瑰园。我是原野上挺秀的油橄榄树,又是广场水边婀娜多姿的香蕉树。我的香气如橘皮和香胶,我像上好的没药那样馨香。"

王后虽然听不懂胡安·德迪奥斯·冈萨雷斯用最最动听的抑扬顿挫的中音念诵的拉丁经文,但那天上午,她觉得熏香的气味以及旁边院子里柑橘树的芳香,不知何故正好与弥撒经中的一些词相合;那几个词指的是一些熟悉的香料,无忧宫药剂师的瓷药罐上就印着这些香料的名称。亨利·克里斯托夫的心情与之相反,他无法专心致志地听经文,一种无法解释的惶恐感觉像一块巨石压在他的心头。是他反对众人的主张,选定利摩纳德教堂做圣母升天弥撒。因为那个教堂的带有精美花纹的灰色大理石给人一种舒服的凉爽感觉,不至于使人因穿着紧扣

---

① 西班牙地名。
② 巴勒斯坦地名。

着的上装、胸前挂满沉甸甸的勋章而汗流浃背。可是国王觉得自己处于敌对势力的包围之中,曾经欢迎他的人民现在对他充满了敌意,他们总是忘不了,就是因为拉夫修城堡,才使肥沃的土地颗粒无收。他猜想,一定有人在某个偏僻的场所,在他的像上扎满针,或者把刀插进那张像的心脏部位,将它挑在空中。远处间或传来一阵鼓声,那鼓声不大像是祝祷他万寿无疆。这时,圣餐礼赞开始了。

"马利亚升了天,天使们满心欢喜,赞美上帝,称颂上帝,哈利路亚!"

突然,胡安·德迪奥斯·冈萨雷斯朝国王、王后坐的扶手椅那边退去,笨拙地滑倒在三级大理石台阶上。王后的念珠掉在地上,国王把手按在剑柄上。一个像是从天而降的神甫出现在祭坛前。他面对着那些信徒,部分肩膀和胳膊还没完全成形,但他面部的轮廓和表情已变得越来越清晰,从那张既无嘴唇也无牙齿的猫洞般黑黢黢的嘴里,发出一种可怕的声音,那声音如弹奏出最大音量的管风琴,振动着教堂的中殿,使镶在组成图案的铅框架里的彩色玻璃不住地颤动。

"上帝,请宽恕所有故去的信徒的灵魂,赦免他们的一切罪孽……"

科尔内耶·布勒伊的名字卡在克里斯托夫的嗓子里,使他说不出话来。因为眼前站在大祭坛中央的人正是那个被囚禁的大主教，谁都知道他早已不在人世，尸体也已经腐烂，可他现在穿着一身华丽的大主教服，在那里大声呼喊"最后审判"。随着一阵鼓声，响起了"把众人召到神座前"这句话，胡安·德迪奥斯顿时呻吟着倒在王后脚下。亨利·克里斯托夫惊骇万分，勉强听完"威严的国王"这几个词。这时，响起一阵只将他一人震聋的霹雳，打在教堂的钟楼上，把所有的钟一下子劈得粉碎。唱诗班的领班、香炉、经书架、讲道台全被打翻。国王躺倒在地，动弹不得，两眼死死地盯着房梁。但那个幽灵已纵身跃到克里斯托夫正好能看见的一根梁上，交叉着双臂盘腿坐在那里，好像是为了炫耀他那身用锦缎缝制的大主教服，使它看上去更加宽大，颜色更加血红。克里斯托夫只听得耳边咚咚直响，既像是他自己血管的跳动，又像是山中擂响的鼓。他被军官们抬出教堂。国王从牙缝中吐出含混不清的咒骂，嘟哝着说，如果利摩纳德村的鸡叫出声来，他就要把那儿的居民全部杀死。就在玛丽亚·路易莎和阿泰纳伊斯、阿玛蒂斯塔两位公主急急忙忙照料这位君主时，被他的胡话吓得胆战心惊的村民们纷纷把公鸡、母鸡装在篮子里，吊到深井底下，让它们忘记喔喔喔、咯咯咯的叫声，再也不要得意忘形。驴子被雨点般的棍棒赶进山里；马嘴里被塞上东西，免得马嘶声被曲解成别的意思。

那天下午，用六匹马拉的沉重的御辇急速地驶进王宫的大广场。敞着衬衣的国王被抬进他的卧室，像一口袋叮当作响的链子倒在床上。他因胳膊和双腿不能动弹而恼怒，心中深处的怒火从角膜而不是从虹膜中喷射出来。医生们把火药和红辣椒调在烧酒里，摩擦他那不能动弹的身体。王宫里，药物、汤剂、嗅盐、油膏的气味充斥着挤满官员和侍从的一个个温暖的厅堂。两位公主伏在她们的教师——一位美国小姐——的胸前哭泣。王后这时已顾不得礼仪，缩在前厅的一个角落里，守着一个炭炉煎一剂草根汤药，炭炉的真实火光使墙上那幅哥白林挂毯①——挂毯上织的是伏尔甘②锻造作坊里的维纳斯像——的色彩也变得出奇的真实。王后陛下嫌火不旺，要了一把扇子来扇火。在那暮色急于降临的黄昏，气氛显得极其沉闷。始终搞不清山中是否真有鼓声。但有时从遥远的高处飘下一种有节奏的声音，那声音与女人们在正殿里祷告圣母的嗡嗡声奇怪地混在一起，在不少人的心中引起隐隐的回响。

---

① 指法国巴黎哥白林花毯厂生产的举世闻名的挂毯。
② 罗马神话中的火和锻造之神，即希腊神话中的赫淮斯托斯。

六 "国王的最后手段"

下一个星期天的日落时分,亨利·克里斯托夫突然觉得只要咬咬牙,那仍然麻木的膝盖和胳膊可能就会听从使唤,他吃力地翻动着,想从床上起来,终于把双脚垂到了地上,但半个脊背仍然贴在床上,整个身体像是拦腰折断了一般。他的仆役索利芒帮助他站了起来。于是国王像大机器人似的迈着小步走到窗边。仆役把王后和两位公主叫来,她们悄悄地走进房间,站在一个阴暗的角落里,就在国王陛下那幅骑着马的肖像下面。她们知道人们正在上海地角狂饮。盛满汤和熏肉的大锅摆在街角,汗淋淋的厨娘们用漏勺和大汤勺敲着桌子,叫卖那些吃食。在一条笑语喧哗的小巷里,节日的头巾在欢快地舞动。

国王呼吸着下午的空气,觉得胸中那种沉闷的感觉逐渐减轻。黑夜正从山坡上慢慢落下,树木和迷宫的轮廓都变得模糊起来。忽然,克里斯托夫发现,王宫小教堂的乐师们正携带着乐器穿过正院。他们各具职业畸形:竖琴手被沉重的竖琴压得弓着背，很像个驼背人；那个骨瘦如柴的乐师双肩挂着一面大鼓，像是挺着的大肚子；还有一位抱着个黑里康大号；走在最后面的是一个几乎被编铃上的罩子全部遮住的侏儒，他每走一步，所有的铃铛都叮当作响。国王看到他的乐师们在这种时候带着乐器朝山那边走去，好像要到哪棵孤零零的木棉树下举行什么音乐会，心里不免疑惑；突然，八面军鼓同时敲响。那是卫兵换岗的时间到了。国王陛下仔细打量他的士兵，想知道他们在他生病期间是否像他平常要求他们的那样严格遵守纪律。可是，国王突然又惊又恼地举起手来。走了点儿的军鼓不按规定的敲法，改变了节奏，敲出三种不同的鼓点儿，而且不再用棍子敲，而是直接用手击打鼓面。

"这是曼杜库曼鼓①！"国王把两角帽摔在地上喊道。

这时，卫队散开队形，乱哄哄地穿过大广场，军官们抽出明晃晃的马刀奔跑。从兵营的窗口吊下一串人来，这些人全都敞着上衣，裤管也没塞进靴子里。有人朝天放了几枪。一个旗手撕破了太子团的王冠海豚旗。一队轻骑兵在一片混乱之中疾速离开王宫，后面跟着骡子拉的装满马具和盔甲的辎重车。穿军服的官兵在用拳头擂响的军鼓的催促下飞奔四散。一个患疟

---

① 当地黑人敲的一种鼓点子。

疾的士兵见发生哗变，裹着床单从卫生室出来，边走边系头盔上的带子。当他从克里斯托夫的窗下走过时，做了一个下流动作，然后一溜烟地跑了。傍晚的宁静重又回到宫中，只有一只孔雀在远处哀鸣。国王扭过头来。玛丽亚·路易莎王后和阿泰纳伊斯、阿玛蒂斯塔两位公主在阴暗的房间里哭泣。总算弄明白了人们那天为何在上海地角开怀畅饮。

克里斯托夫扶着栏杆、椅背，抓着窗幔，在宫内走动。走廊和房间因没有了侍从、仆役和卫兵而显得空荡荡的，十分可怕。墙壁变高了，细砖地面变宽了。明镜厅只映出国王一人的形象，这形象被反复映照，一直出现在最远的镜子里。那些嗡嗡声、窸窣声以及从天花板上传来的过去从未听到过的一阵阵蟋蟀叫声，更在一切程度上展现了这死沉沉的寂静。烛台上的蜡烛渐渐熔化。一只蛾子在议事厅里飞来飞去。一只甲虫撞到一个镀金的框架上之后掉在地上，随即又扑着鞘翅（某些会飞的金龟子都像这样扇动翅膀）时而落在这里，时而停在那里。在那个两侧开窗的宽敞的接待大厅里，克里斯托夫听到自己的鞋跟发出的笃笃声，更加深了他的绝对孤独之感。他从一扇仆役使用的门出来，下楼来到厨房，厨房里炉火即将熄灭，铁叉上的烤肉已不翼而飞。地上——靠近切菜案板的地方——放着几个空酒瓶。挂在烟囱过梁上的一串串大蒜、迪翁-迪翁蘑菇、正在熏制的火腿统统不知去向。寂然无声的王宫笼罩在没有月光的夜幕之下。现在，谁想占领这座宫殿都行，因为宫里连条猎犬都没留下。亨利·克里斯托夫走回自己的房间。在枝形吊灯的灯光下，白色的楼梯显得那么阴冷、凄凉。一只蝙蝠从圆形建筑的天窗中钻了进来，在古金色的平滑的天花板下乱飞。国王靠在栏杆上，想要感受大理石的坚实。

楼下，坐在正楼梯最后一个台阶上的五个年轻黑人正扭头望着他，一个个露出焦虑的神色。此时此刻，克里斯托夫感到他爱这几个年轻人。他们是宫中侍从德利弗里昂塞、瓦朗坦、拉库罗纳、若恩和比恩·埃梅，是国王从一个奴隶贩子那儿买来的非洲黑人，国王给了他们自由并让他们学会了侍从这一体面的职业。克里斯托夫一直与海地独立运动最初的几个领袖所奉行的非洲神秘论保持着距离，想方设法使他的宫廷在一切方面仿效欧洲宫廷。但事到如今，当他成了孤家寡人，当他的那些公爵、男爵、将军、大臣全都背离他时，唯一忠实于他的就是那五个非洲人——五个从非洲本土来的刚果人、富拉人或曼丁哥人，他们像忠实的狗那样坐在冰冷的大理石楼梯上耐心等待，这也是"国王的最后手段"，不过无法从炮口中打出去强迫人接受罢了。克里斯托夫久久地看着他的侍从，向他们做了一个亲热的表示，侍从们忧伤地对他鞠了一躬；国王随后朝放着国王宝座的大厅走去。

他在缀着徽记的门帷前停下脚步。两只头戴王冠的狮子托着一个纹章，纹章上的图案是一只戴王冠的凤凰，下面还有"我在灰烬中再生"的字样。在一面折成波浪形的小旗子上有"上帝，我的事业和剑"这样一圈字。克里斯托夫打开一个用天鹅绒缨子盖住的笨重箱子，从里面取出一把铸有他姓名第一个字母的银币。然后又把几个厚薄不一的纯金王冠一个接一个地扔到地上。其中一个被抛到门口，又从楼梯上滚下，发出使整个王宫震动的轰响。国王坐在宝座上，看着烛台上插着的黄蜡烛完全熔化。他机械地默诵着在他掌权期间所有公文上必有的那段开头文字：

"余作为蒙受天恩并为国家宪法所确认之海地国王、龟岛、戈纳夫岛及周围岛屿的君主，暴政的铲除者，使海地民族获得新生的人救星，海地的道德、政治、军事体制的缔造者，新大陆的第一位加冕君主，信仰的捍卫者，圣亨利王家军事教团的创始人，向现时以及未来的所有海地人致以……"克里斯托夫猛然想起了拉费里埃城堡——那座高高的建在云端的要塞。

就在这时，黑夜里响起一片鼓声。那鼓声遥相呼应，在山岭里回荡，从海滩中升起，从山洞中冲出，在大树下翻滚，又在山谷、河床中泻下。拉达鼓、刚果鼓、布克芒鼓、最高盟约之鼓，所有伏都教的鼓一齐擂响，发出震天动地的轰隆声。四面八方的鼓声朝着无忧宫挺进，缩紧了包围圈。那是从整个大地滚滚而来、步步进逼的惊雷，是一场狂飙，而那既无传令官、又无权杖侍者的御座，一时间成了狂飙的中心。国王回到他的房间，又站到了窗前，大火从他的庄园、农舍、蔗田里燃烧起来了。火在鼓的前面奔跑，越过一个个房屋，穿过一片片农田。一股火苗从粮仓里升腾而起，红黑色的木板落进堆饲料的仓房。北风扬起玉米地里烧得通红的玉米秸，把它们吹向王宫。灼热的灰烬纷纷落到宫殿的平台上。

亨利·克里斯托夫又一次想到了拉费里埃城堡——"国王的最后手段"。可是这座世界上独一无二的城堡要让他一个人去住，实在是太大了，而这位君主从未想到有一天他会成为孤零零的一个人。那些厚厚的城墙喝足了公牛的血，自然能万无一失地抵御白人的武器；可是这牛血从未用来抵挡过黑人，而现在，在离王宫很近的地方，在蔓延的大火前，黑人们正高声喊叫，呼唤着他们用血祭祀过的神灵。革新者克里斯托夫想无视伏都教，依靠皮鞭扶植一个信奉天主教的贵族阶级。现在他明白了，那天晚上真正背叛他事业的，就是手拿天国钥匙的圣彼得、方济各会的修士、黑皮肤的圣本笃、穿蓝色罩袍的黑脸圣母和那几位福音书的作者（每次举行宣誓效忠仪式时，他都要让人吻那些福音书）；而他为了供奉这些殉教者，总是让人在他们的像前点起内有十三枚金币的大蜡烛。国王向教堂的白色穹隆屋顶投去忿忿的目光——教堂里满是抛弃了他的圣像和转而保佑敌人的圣物，然后要来干净的衣服和香料。他让公主们走出房间，自己穿上最华美的礼服。他把象征王权的宽宽的双色绶带系在剑柄上。鼓声越来越近，好像就在大石阶底下，在大广场的铁栅后擂响。这时，大火从宫里的镜子、酒杯、镜框、高脚杯的玻璃、灯上的玻璃、杯子、窗玻璃、靠壁桌的螺钿上升起。在一片火海中，分不清哪些是火焰，哪些是火焰的映像。无忧宫里所有的镜子在同时燃烧。整个建筑被刺破黑夜的冷酷的火所吞噬，每一堵墙都成了熊熊燃烧的火箱。

几乎听不到枪响，因为鼓声离得太近了。克里斯托夫的手松开武器，移向打了一个洞的太阳穴。他仍然保持着站立的姿势，身体像是要迈步似的微微前倾；他就这样一动不动地停了一会儿，然后带着满身勋章往前扑倒。侍从们出现在房门口。国王趴在自己的血泊之中慢慢咽了气。

七　唯一的城门

那几个非洲侍从飞快地从那扇对着山的后门跑出来,他们采用原始方式抬着一根削平的树枝,树枝上挂着一张吊床,吊床的破洞中露着君主脚上的马刺。阿泰纳伊斯、阿玛蒂斯塔两位公主和王后跟在他们后面,两位公主边走边回头张望,在黑暗中不时地被凤凰木的根绊倒,为了行走方便,她们穿着使女的凉鞋;王后因为被路上的石头扭歪了一个鞋跟,所以干脆扔掉了鞋。国王的仆役索利芒(即波利娜·波拿巴昔日的按摩师)斜背着步枪,拿着修剪树枝用的砍刀,走在最后面。他们朝着长满树木的黑乎乎的山峰走去,这时,山下的烈焰已燃成一片火海,但火焰已被阻隔在宫殿广场的边沿。在米洛村的一侧,大火烧着了马厩里的一捆捆苜蓿。马嘶声一直传到很远的地方,那叫声更像是被拷打的大孩子发出的哀号,与此同时,木板整片整片地倒塌,迸出一团团烧成白热状的碎木屑,随后就会有一匹马鬃被烧焦、尾巴烧得只剩骨头的狂马从缺口中冲出来。

突然，有许多亮光在宫中移动。那是松明在舞动，星星点点的亮光从厨房爬上顶楼，钻进开着的窗户，爬上高处的栏杆，沿着檐沟流动，犹如一群难以置信的萤火虫占据了宫殿的最高几层。洗劫开始了。侍从们加大了步子，知道忙于抢东西的暴动者将会耽搁很长一段时间。索利芒拉上了枪栓，把枪托的尾端夹在腋下。

天快亮时，这几个逃亡者来到拉费里埃城堡附近。路越来越难行，山坡很陡，山路上又撂着来不及运到炮架上去的大炮——这些大炮将永远留在那里，直至变成层层剥落的铁锈。当吊桥上的铁链在石头上发出阴森的响声时，靠龟岛一边的大海已渐渐发亮。那个唯一的城门口用钉子加固的大门慢慢地打开了。亨利·克里斯托夫的尸体被抬进了他的"埃斯科里亚尔宫"①，他两脚在前，身体始终裹在非洲侍从抬着的吊床里。越来越重的尸体被抬上城堡内的楼梯；从附加的拱顶上掉下来的冰冷的水珠一滴一滴地落到尸体上；起床号从城堡的四角吹响，打破了拂晓的寂静。仍然沉浸在黑夜之中的爬满了肉色蕈类的城堡（城堡上半截呈血红色，下半截为铁锈色）高耸在因平原的大火而膨胀的灰云之上。

---

① 埃斯科里亚尔宫为西班牙首都马德里附近瓜达拉马山上的一个著名寺院，修建于16世纪；此处借指拉费里埃城堡。

这时，那几个逃难的人在练兵场中间向城堡长官详述他们遭受的巨大不幸。消息马上经通风口、地道、暗道传到厅、堂和各个屋子。士兵们从各处走出来，越来越多的士兵走下楼梯，离开炮台，撤离瞭望塔上的哨位。主塔的院子里响起一片欢呼声：看守打开牢门，把囚犯放了出来，囚犯们这会儿正昂首挺胸地走上楼来，直奔王室成员所在的地方。戴着污秽头巾的侍从、光着脚的王后、战战兢兢地接受索利芒那双放肆的手保护的公主们，在人群的进逼下，一步一步地朝一堆刚拌好不久、打算用来粉刷尚未刷完的屋子的灰浆退去，灰浆堆上还有泥水匠们刚刚插上的几把铲子。城堡长官见情势危急，命令人们离开院子。他的话引起了一阵哄笑。一个破衣烂衫、裤子不能遮羞的囚犯伸出一根手指，指着王后的脖子说：

"在白人的国度里，头儿死了，就砍他老婆的头。"

城堡长官见他的部下现在仍记得将近三十年以前法国革命的理想主义者所做出的榜样，心想一切都完了。就在这时，忽然传来消息，说警卫连已经离开城堡下山了，于是形势大变。人们奔跑着，在楼梯和地道里挤作一团，拼命朝城堡大门口拥去。然后连跑带跳、连滚带滑、抄着近道从山路往下冲，好尽快赶到无忧宫。亨利·克里斯托夫的军队就这样雪崩似的瓦解了。那个巨大的建筑物第一次变得如此冷清，一个个大厅寂静无声，真的成了一座萧森、肃穆的陵墓。

城堡长官掀开吊床，观看国王的遗容。然后一刀切下国王的一截小手指，交给了王后，王后把那截手指塞进胸衣，立即有一种冰冷的虫子蠕动的感觉传到她的腹部。接着，侍从们遵照命令，把尸体放在灰浆上。仰面躺在灰浆上的尸体像是被黏糊糊的手往下拉似的逐渐下沉。由于尸体被侍从们抬上山时还未变凉，所以在上山的路上变得略微弯曲，这时，尸体的腹部和大腿首先沉入灰浆，胳膊和靴子仍踌躇地浮在那堆灰色的流动的稀浆上。又过了一会儿，只剩下被两角帽的两个角托住的脸还露在外面。城堡长官怕灰浆来不及淹过整个脑袋就变干，便用手按了按国王的额头——那姿势就像用手摸着病人的前额试体温一样——好让它赶紧沉下。灰浆终于盖住了亨利·克里斯托夫的眼睛，他继续在附着力渐小的湿泥浆中慢慢下沉。

尸体停止不动了，与压在他上面的灰泥合成了一体。自己选择了死亡的亨利·克里斯托夫不会变成一堆腐肉，他的躯体已混在城堡的建筑材料里，注进了城堡的砖石，成了支撑城墙扶垛的一部分。整个主教帽山变成了海地第一个国王的陵墓。

第四部

过去我惧怕

这样的幻象；

但当我见到另外这些景象，

我的恐惧更加不可名状。

——卡尔德隆[①]

---

① 卡尔德隆（1600—1681），西班牙著名诗剧作家。

一　雕像之夜

　　阿泰纳伊斯小姐弹着一架新买来的钢琴，手上的镯子和首饰上的坠子随着她的动作叮当作响，她在给她的妹妹阿玛蒂斯塔伴奏，后者的嗓音略微有些嘶哑，这时正用有气无力的滑音唱罗西尼①的歌剧《唐克雷德》②中的一首咏叹调。穿着白色晨衣、额上按海地习惯系着一块手帕的玛丽亚·路易莎王后在给比萨城的方济各会修士绣一块台布，因为猫把线团弄得满地乱滚而面有愠色。自从维克托王储被处决，她们母女仨人在几个供应宫廷用品的英国商人的帮助下从太子港逃出海地那段悲惨日子起，两位公主还是第一次在欧洲过一个真正的夏天。罗马城里所有的房子都敞着大门，每块大理石都反射着强烈的阳光，修士们的身上散发着汗臭味，卖清凉饮料的吆喝声随处可闻。万里无云的天空使人想起一月份的海地平原，晴空下，罗马城的

---

① 罗西尼（1792—1868），意大利歌剧作曲家。
② 唐克雷德为西西里王子，第一次十字军远征中的英雄。

上千个钟一反往常习惯，懒洋洋地敲着。阿泰纳伊斯和阿玛蒂斯塔总算又感受到炎热，两个人汗涔涔，美滋滋，光着脚踩在瓷砖地上，裙子也不扣上，整天不是掷骰子玩升级棋，便是冲柠檬水或在放满流行浪漫小说的书架上乱翻；这些小说的新式封面上印有铜版画，画的是午夜中的墓地、苏格兰的湖泊、围在年轻猎人四周的女精灵以及往老圣栎树的树洞里放情书的少女。

索利芒在夏日的罗马过得也很自在。他初次出现在那些晾满衣服，满地堆着白菜、垃圾、咖啡渣的又潮又脏的贫民居住的小巷时，曾引起过真正的轰动。连那些最瞎的乞丐都停下手中的曼陀林和手摇风琴，为能仔细看看这个黑人而突然睁开了眼睛。其他乞丐则使劲摇晃他们的残肢，展示他们的全部烂疮和惨状，以为索利芒也许是海外的什么使节。现在他走到哪里，孩子们就跟到哪里，他们叫他巴尔塔萨王①，还吹奏芦笛和犹太琴，像是一支吵吵闹闹的街头乐队。酒馆的人给他酒喝。手艺人见他走过总要从店里出来，往他手里塞上一个西红柿或一把核桃。无论是福拉米尼奥·彭西奥建筑的宫殿的正门还是安东尼奥·拉帕科建造的门廊，很久都没见过一个真正的黑人的身

---

① 耶稣降生后从东方来到耶路撒冷的三位朝圣士之一，一般作为黑色人种代表。

影了。所以大家都想听他讲述他的经历，索利芒讲得天花乱坠，说自己是亨利·克里斯托夫的侄子，在法兰西角大屠杀中幸免于难，还说在那个大屠杀的夜晚，行刑队向国王的一个私生子打了好几排枪都没将其撂倒，最后只好用刺刀将其捅死。听他讲述这些事情的傻瓜们不太清楚事情发生在什么地方，有人想到了马达加斯加、波斯或柏柏尔人①居住的地区。当他淌汗时，总有人想用手绢擦擦他的脸，看他是否褪色。一天下午，人们想拿他开个玩笑，就把他带到那种空气混浊、专演滑稽歌剧的剧院里去。台上演出的是在阿尔及尔的意大利人的故事，最后的混声合唱刚完，他就被推上了舞台。他的突然出现在池座里掀起一片欢腾，剧团老板见此情形，请他以后只要高兴，便可来登台亮相。更幸运的是，他现在勾搭上了博尔格塞宫②的一个女用人，那是个漂亮的皮埃蒙特③姑娘，生来就不喜欢纤弱的男人。在那些炎热的日子里，索利芒常常躺在古罗马广场遗址的草地上，长时间地睡午觉。那儿总是有羊群在欢跑。茂盛的青草上，有废墟投下的令人愉快的阴影；把土刨开，不难发现一

---

① 非洲北部的居民。
② 博尔格塞家族在罗马的府邸，该家族以珍爱艺术著称，教皇保罗五世为该家族成员。波利娜·波拿巴于1803年嫁于该家族的卡米列·博尔格塞亲王。
③ 意大利北部地区。

只大理石羊、一件石头饰物或一枚生锈的钱币。那些沿街拉客的妓女有时选中这个地方干她们的营生,把某个神学院的学生拉到那里。不过,常去那里的是一些学者(不外乎手拿绿伞的教士和手指纤长的英国人),他们常常盯着某根断柱子看个没完,还把上面不完整的铭文记在本子上。傍晚,索利芒从博尔格塞宫仆役用的楼梯上去,和那个皮埃蒙特女仆一起打开一个个酒瓶痛饮。整个宅第因主人不在而被弄得乌七八糟。大门口的路灯沾满了苍蝇屎,仆役们的制服全都污秽不堪,车夫们喝得醉醺醺的,马车上的漆皮一块块脱落,藏书室更是结满了蜘蛛网,多年以来谁也不敢进去,免得因蜘蛛爬上后颈或是钻到胸衣中间而恶心。要不是因为亲王的一个侄子——一个年轻的教士——住在楼上的一个房间里,仆役们恐怕早已搬进一层的房间,睡到过去红衣主教睡过的床上去了。

一天晚上,因时间已经很晚,厨房里只剩下索利芒和那个皮埃蒙特女仆。索利芒喝得酩酊大醉,想走出下房到宫里其他地方看看。两个人穿过一条长廊,来到一个宽敞的铺着大理石的院子,大理石被月光染成了蓝色,两排重叠的柱廊围着院子,柱头的影子投在墙壁的半中腰上。女仆提着一盏上街用的灯,上上下下地照着,让索利芒看看院子一侧走廊上陈列的一群雕像。所有的雕像都是裸体女人,不过身上大多缠着一道轻纱,那轻纱被假想的微风吹起，恰好飘到需要它遮盖的身体部位。除此之外，还有许多动物的造像，因为那些妇人有的抱着一只天鹅，有的搂着公牛的脖子，有的在猎犬中蹦跳，有的身后跟着可能与魔鬼有亲缘的长着一对角和山羊腿的人。这是一个白色、冰冷、静止不动的世界，可是雕像的影子却在灯光下活动，变大，似乎所有这些两眼呆滞、暗淡的形象都在这两位夜半来客的周围旋转。醉汉们总是能用眼梢瞥见可怕的东西，索利芒正是如此，他好像看到一个雕像略微放下了胳膊。他心中有点儿慌乱，忙拉着那个女仆往通向楼上的楼梯跑去。现在又轮到一个画像从墙上走下或活动起来了。索利芒猛然看到一个正在掀窗幔的笑嘻嘻的年轻人，那是一个头戴葡萄藤冠的青年，正把一支没有声音的芦笛送到唇边，要不就是用食指按住了自己的嘴。俩人穿过一条挂满镜子的走廊，镜子的玻璃上有用油质颜料绘的花卉，然后，女仆把灯放低，露出一种狡黠的神态，推开一扇窄窄的胡桃木门。

那个小房间里只有一尊雕像，放在房间最里边。那是一个斜倚在床上的全裸女人像，手里举着个像是要请人品尝的苹果。索利芒想清醒一下头脑，跟跟跄跄地走近雕像。他因吃惊而减了几分醉意。他认识这张脸，熟悉这个身体，整个形体使他想起了某种情景。他急切地摸着这尊大理石像，嗅觉和视觉一起加到触觉中来,他掂掂雕像的乳房,用一只手掌在雕像腹部慢慢摸了一圈,小指在肚脐处停了一会儿。然后他轻抚雕像弯曲的脊背,像是要把它翻过身来。他的手指寻找着滚圆的胯部、雪白的腘窝和光滑的胸部。他这样来来回回地摸着,记忆渐渐清晰,脑子里出现了一些很久以前的印象。他以前接触过这个身体。他曾以同样的动作搓揉过那个因扭伤而疼痛不能活动的脚踝。虽然材料不同,形状却毫无二致。他现在记起了在龟岛的那些恐怖的夜晚———一个法国将军躺在房门紧闭的房间里奄奄一息;想起了那个让他挠着头入睡的女人。索利芒突然受到一种强烈的记忆的驱使,不由自主地做起按摩的动作,顺着一条条肌肉和鼓起的腱揉搓,由里至外按摩背部,用拇指触摸胸肌,轻轻叩打身体的各个部位。突然,大理石的寒气像死亡的钳子紧紧地夹住了他的手腕,使他动弹不得,他喊出声来。酒在脑子里旋转。那尊被灯光染成黄色的雕像分明是波利娜·波拿巴的尸体。那个尸体刚刚变硬,心跳刚刚停止,瞳仁刚刚散开,说不定还可以使她复活。索利芒用像要撕破胸膛的可怕的声音在空荡荡的博尔格塞宫里大喊大叫起来,他的样子看上去那么野蛮,他的脚跟那么使劲地踩地(楼下的小教堂被他当成鼓来敲击),使那个皮埃蒙特女仆吓得逃下楼去,房间里只剩下索利芒，面对着这尊卡诺瓦①雕刻的爱神像。

院子里满是油灯和提灯。仆役和车夫被楼上轰响的喊叫声吵醒，穿着睡衣、提着裤子走出房间。大门上的门环当当作响，把一队巡警迎了进来，巡警后面跟着被惊醒的邻居。那个黑人见镜子被灯光照亮，猛然转过身来。他看到一大片灯火和聚集在院内白色大理石雕像中间的人群，以及清清楚楚的两角帽的轮廓、镶着浅色边的制服、寒光逼人的抽出了鞘的弯弯马刀，不禁一阵哆嗦，联想起亨利·克里斯托夫毙命的那个夜晚。他用一把椅子砸开窗户，跳到街上。早祷的时间来临时，索利芒因发烧而不停地发抖（他在蓬蒂纳沼泽②患上了疟疾），他祈求路神莱格巴为他打开返回圣多明各岛的道路。他的手上还留有一种难以忍受的梦魇般的感觉。他似乎也像大海那边的农民们敬畏的善于和阴魂打交道的某些受圣灵启示的人那样，一度掉进一座刷了白垩的坟墓。玛丽亚·路易莎王后煎了草药给他服（王后蒙布瓦耶总统③开恩，从法兰西角经由伦敦弄来一批草药），也不能使他镇静下来。索利芒只觉得身上很冷。一场突然出现的雾使罗马城的大理石蒙上了一层水汽。明净的夏日很快

---

① 卡诺瓦（1757—1822），意大利雕刻家，新古典主义艺术的代表。波利娜·博尔格塞的雕像是他的主要作品之一。
② 意大利罗马省沼泽地，1928年排干了水之后成为农业地区。
③ 布瓦耶（1776—1850），海地共和国1818年至1843年总统。

变得混浊起来。两位公主让人把安托马尔基大夫找来给她们的仆人治病，那位大夫是拿破仑在圣赫勒拿岛①时的医生，一些人认为他医术高明，是个了不起的顺势疗法医生。但他开的药方并没起什么作用。索利芒背对着人，脸朝着墙上绿纸上画的黄花不住地呻吟，他想要赶到遥远的达荷美去找一个神，一个站在阴凉的交叉路口，用随身带着的拐杖来支撑自己肉红色生殖器的神。

莱格巴路神，快为我移开路障；
莱格巴路神，快开路让我通行。

---

① 南大西洋上的非洲岛屿。1815年拿破仑在滑铁卢一役战败后被流放到该岛，直至1821年病死。

二　王　宫

蒂·诺埃尔是带头洗劫无忧宫的那批人之一。所以勒诺芒·德梅齐旧庄园的废墟现在被布置得如此奇特。废墟上因缺少两个可以用来架一根梁或一根长木头的支点，所以没有盖起任何屋顶；不过老人又用砍刀挖去了一些高低不平的石头，清理出一片破碎的基石、一个窗台、三级台阶和一堵墙（与砖地黏结在一起的墙裙上仍然能看到那个诺曼底风格的老餐厅里的葱形饰）。就在男女老少头顶挂钟、椅子、华盖、烛台、跪椅、灯具、脸盆等物在平原上来来去去的那个夜晚，蒂·诺埃尔也到无忧宫跑了几趟。所以他现在有了一张带球形装饰的桌子，放在被他当作卧室的用干草覆顶的炉灶前；他还搬来了一扇科罗曼德尔[①]屏风挡在最外边，屏风古金色的底子上画满模模糊糊的人物。伦敦皇家科学协会赠给维克托王子的一条涂了防腐药

[①]　印度东海岸地区，邻近孟加拉湾。

物的翻车鲀也被他拿来,放在被杂草和树根顶破了的残缺不全的瓷砖地面上,翻车鲀的旁边还放着一个八音盒和一个短颈大腹玻璃瓶,绿色的厚玻璃里满是彩虹颜色的气泡。他还从宫中拿了一个牧羊姑娘打扮的玩具娃娃、一把带着一块坐垫的软椅和三卷《百科全书》,他常常坐在那三大本书上啃甘蔗。

老人最得意的是他抢到的那件亨利·克里斯托夫的袖口饰有鲑鱼肉色花边的绿绸子外套。他整天穿着这件外套,再加上那顶压扁了的、折叠成两角帽样子的草帽(草帽上插着一朵肉红色的花权充花结),更添加了几分国王的派头。下午,他常坐在放在露天的家具中间,玩那个会眨眼的玩具娃娃,或给那个从早到晚重复同一支德国连德勒舞曲的音匣上弦。蒂·诺埃尔现在整天唠叨个不停,他张开双臂站在路中间,或冲着裸露着胸脯跪在铺满细沙的小溪边洗衣服的妇女说话,或冲着围成圆圈跳舞的孩子说话。当他坐在他的桌子后面,握着一根被他当作权杖的番石榴树枝时,话就更多了。他又模模糊糊地记起独臂人麦克康达尔以前对他讲过的事情,不过事隔多年,他已记不清那是什么时候的事了。在那些日子里,他开始清楚地认识到,他有一种使命要完成,虽然没有任何提示或征兆告诉他是什么样的使命。不管怎么说,反正是一种伟大的使命,是和他所获得的权利相配的使命,他因在这个世界上生活了这么多年,并在大海两边留下众多儿女（他的儿女们全都不知去向，他们已将他遗忘，只顾照管自己的儿女）而获得了这些权利。再说，显而易见的是，伟大的时刻一定会到来。妇女们看见蒂·诺埃尔出现在小路上，总要对他挥舞手中的浅色衣服以示尊敬，就像过去在主日朝耶稣摇动棕榈叶一样；当他走过哪个茅屋时，上了年纪的女人总要请他进去坐一坐，给他端来一碗甘蔗酒或递上一根刚卷好的烟叶。安哥拉王的阴魂附在了蒂·诺埃尔身上，蒂·诺埃尔在一片鼓声中发表了充满隐语和预言的长篇讲话。后来，羊群在他的土地上生下了羊羔。因为那些在他的废墟上欢跑的新牲畜肯定是他的臣民们献给他的贡品。蒂·诺埃尔坐在那把软椅上，敞着外套，草帽压得低低的，一边懒洋洋地挠他的光肚皮，一边对着风下达命令。不过那是一个温和政府的法令，因为没有白人或黑人的暴政威胁到他的自由。老人在残垣断壁之间放满美好的东西，他把随便哪个过路的人封为大臣，或把割草人封为将军，他慷慨地赐爵位，赠花冠，祝福女孩子们，并因她们替他做了事而把鲜花当成勋章颁发给她们。这样就诞生了金雀花勋章、野旋花勋章、太平洋勋章、夜香树花勋章，而最讨人喜欢的要数艳丽的向日葵勋章。由于被他当作召见大厅的那块铺有瓷砖的地方很适合于跳舞，所以村民们常常成群结队地带着竹制圆号、沙球和小鼓到他的宫殿里来。

叉形的树枝上放着点燃的木头，比平常更加得意地穿着那件绿外套的蒂·诺埃尔主持这类欢乐的集会，他的身边坐着一个平原地区的神甫——黑人教会的代表——和一个曾在凡尔蒂埃尔与罗尚博作过战的老兵。那个老兵穿一套只在隆重场合才穿的军服，因为家里的房子漏雨，那套军服上的蓝色已经发白，大红色则变成了草莓色。

三　土地测量员

可是，一天上午，突然出现了一些土地测量员。只有见到他们那种忙碌工作的样子，才能明白为什么这些像虫子那样在地里爬的人会引起这样的恐惧。测量员是越过高耸入云的山峰从遥远的太子港来到平原地区的。他们是些肤色很浅的沉默寡言的人，穿着极普通的衣服（这一点必须承认）；他们在地上拉开长长的卷尺，钉上木桩，装好铅锤，从一些管子中观测，动不动抽出尺子和三角板来。蒂·诺埃尔见这些令人起疑的人在他的土地上来来去去，便上前厉声责问，可是土地测量员们根本不理他。他们旁若无人地到处走，到处量，用木工的粗笔在灰皮本上写写画画。老人很气愤地发现那些人讲的是法国人的语言，自从勒诺芒·德梅齐老爷在古巴的圣地亚哥斗牌把他当作赌注输掉时起，他便忘掉了那种语言。蒂·诺埃尔骂他们是"狗娘养的"，威胁他们，叫他们滚开，他嚷得实在太凶，一个测量员便上来抓住他的脖梗，用测量尺狠狠地揍他的肚子，把他打出了测量镜的视野。蒂·诺埃尔躲进他的炉灶里,从那扇科罗曼德尔屏风后面探出头来破口大骂。可是第二天,当他在平原上寻找可吃的东西时,他发现到处都有土地测量员,还有一些穿敞领衬衣、系绸腰带、足蹬军用靴的骑着马的黑白混血种人在指挥大规模的耕作和划界工作,几百个被监视的黑人在地里干活。许多村民骑着驴,带着鸡和猪,在女人们的哭叫声中,扔下自己的茅屋,躲进山里。蒂·诺埃尔从一个逃难的人那里得知,种地成了强迫劳动,现在是主张共和的黑白混血种人——北部平原的新主人——在挥舞鞭子。

麦克康达尔可没有预见到强迫劳动这回事,牙买加人布克芒也没有这样的预见。黑白混血种人上台是件新鲜事,被索梅鲁埃洛斯侯爵处死的何塞·安东尼奥·阿庞特[1]肯定不会想到有这种事(蒂·诺埃尔还在古巴当奴隶时,就听说了他奋起反抗的故事)。可以断定,就连亨利·克里斯托夫都不会想到圣多明各岛的土地会给这些既不是白人又不是黑人的贵族——这个夸尔特龙混血种阶级——带来好处,现在,旧庄园、特权、官职,统统落入了他们手中。老黑人用他混浊的眼睛遥望拉费里埃城堡,但他的视野已无法达到那么远的地方了。亨利·克里

---

[1] 古巴1812年黑人起义领袖,后与其他几名起义者一起被处死。

斯托夫的言语已经变成了石头，离开了人间①。那个奇异的人物只留下了保存在罗马城的一截手指，这截手指被浸在一个放满药水的水晶瓶里。玛丽亚·路易莎王后想仿效丈夫的榜样，所以在带女儿们去了一趟卡罗维发利②浴场之后，立下一份遗嘱，让比萨城的方济各会修士在她死后将她的右足浸在酒精里，保存在用她施舍的钱修盖的小教堂内。蒂·诺埃尔再三琢磨，就是想不出有什么办法可以解救他的再次遭鞭笞的人民。老人面对这无穷循环的锁链，这灭而又生的镣铐和不断繁衍的苦难，开始绝望起来（那些最逆来顺受的人最终接受了这一切，以为那是所有反抗终归无效的证明）。蒂·诺埃尔很怕自己也被拉到地里干活，而他已经年迈体衰，于是，麦克康达尔的形象再次闯入他的记忆之中。既然人的外形常常带来那么多的灾难，倒不如暂时抛下人的形态，换上不太引人注意的外形，从旁观察平原地区的事态发展。蒂·诺埃尔下了这个决心之后，发现要变成动物并不难，只要具备此种法力就行。他想试一试，便爬到一棵树上，心里想着要变成鸟，结果真的变成了鸟。他栖在树梢上，盯着那些土地测量员，一边用嘴啄一个星苹果的紫红

---

① 此处作者戏谑地套用了福音书中的一句话："圣言变成了肉体，降临人间。"
② 捷克斯洛伐克城市，以温泉著称。

色的果肉。第二天,他想变一头驴,果然又获得了成功;不过一个黑白混血种人想用绳结套住他,然后用一把切菜刀将他阉割,吓得他拼命逃跑。后来他又变成了胡蜂,可是很快对用蜂蜡构筑的单调的几何形蜂房感到厌倦。接着他又拿错了主意,变成了蚂蚁,他被迫在一些大头蚂蚁的监督下,在那永无止境的道路上搬运重物。那些大头蚂蚁使他联想起勒诺芒·德梅齐的管家、克里斯托夫的卫兵和现在这些黑白混血种人。有时,马蹄把一行队伍踩得七零八落,可是马一过去,大头蚂蚁又重整队伍,路上重又画出一道黑线,一切又都恢复正常,蚁群照旧来回奔波。蒂·诺埃尔不过是只假蚂蚁,当然不愿与这类昆虫共命运,他独自躲在桌子下,躲避那天夜里连绵不断的细雨,那雨使整片田野散发出一股潮湿的针茅草的气味。

四　上帝的羔羊

　　那将是一个云层压得很低的闷热的日子。蜘蛛网上夜里沾上的雨水还未抖尽，一群吵吵闹闹的东西便从天而降，落到了蒂·诺埃尔的土地上。无忧宫养禽场里的鹅，因黑人不喜欢鹅肉而逃脱了那次劫难。从那时以来，它们一直逍遥自在地生活在山谷之中，现在它们磕磕撞撞地狂奔而来。老人喜出望外地迎接鹅群。当年勒诺芒·德梅齐老爷曾试着把鹅引进当地饲养，为此还花了不少冤枉钱，蒂·诺埃尔因仔细观察过这种家禽的堪称楷模的生活，所以比谁都清楚鹅的灵性和喜好。由于鹅生性怕热，所以母鹅两年才下五个蛋。生蛋引出一系列的仪式，这些仪式的程序代代相传。交配前，先要在浅水中当着全体鹅群的面举行婚礼，然后年轻的公鹅便在鹅群兴高采烈的嘎嘎声和礼拜仪式似的旋转、顿足、扭脖颈的舞蹈中，与母鹅交尾，这对鹅从此结成终身伴侣。接着，整群鹅一道筑巢。孵卵期间，新娘由众多的公鹅保护，公鹅夜晚也保持警觉，虽然它们把睁着眼的脑袋埋在翅膀下。一旦长着金丝雀般绒毛的笨拙的鹅雏遇到危险，最老的那只鹅便会指挥所有的鹅用嘴和胸脯发起进攻；不管来犯者是一条大猎狗、一个骑手，还是一辆大破车，它们都会毫不迟疑地冲上去。鹅很讲秩序，一本正经，遵守制度，在它们的生活中，从来看不到一部分鹅压制另一部分鹅的现象。领头鹅所体现的权威仅仅是出于维持内部秩序的需要，它们在这方面的做法很像非洲的国王或非洲古老的族长会议的头领。蒂·诺埃尔对充满危险的变形已经厌倦，便施展法力变成了鹅，以便与那些在他的土地上定居的家禽一起生活。

但是，当他想在鹅群中占有一席之地时，却遭到了敌视，鹅群用齿状的喙啄他，或者扭过脖颈不理他。它们把他挡在牧场之外，并在那些若无其事的母鹅周围筑起一道白羽毛的墙。蒂·诺埃尔于是处处小心，尽可能缩在一边，竭力顺从其他鹅的意思，但他只得到轻蔑、冷淡的回答。尽管他把长着最嫩的水田芥的秘密地方告诉那些母鹅，仍然无济于事，母鹅不耐烦地摇动灰色的尾巴，用充满不信任的高傲的黄眼睛注视着他，脑袋另一侧的那只眼睛也重复着同样的目光。鹅群此刻很像一个贵族集团，不准其他阶层的成员挤进它们的圈子。无忧宫的鹅王恐怕不会和东东谷地的鹅王有什么来往，一旦两群鹅相遇，说不定还会爆发一场战争，所以，蒂·诺埃尔很快明白，纵然他坚持数年，也不会有资格参加鹅群的活动和仪式。鹅群已明确地告诉他，不要以为变成了鹅就可以取得和所有的鹅同样的权利。因为没有任何一只有名望的鹅在他的婚礼上唱过歌、跳过舞；活着的鹅中间也没有哪一只曾经目睹他的出生，他也没有向老少各代可尊敬的鹅证明过自己血统的纯正。总而言之，他是一个外来者。

蒂·诺埃尔隐隐约约地意识到鹅群对他的鄙弃是对他的怯懦的惩罚。麦克康达尔在许多年的时间里曾化作动物，但那是为了给人效力，而不是为了逃离人的世界。这时，重又变成了人的蒂·诺埃尔突然变得极其清醒。转瞬间，他重温了他一生中最重要的时刻，重又见到了那些英雄，是他们向他展示了他的遥远的非洲祖先的威力和财富，并使他相信未来的可能发展。他觉得自己好像活了无数个世纪。一种无边的疲倦，犹如布满石头的星球，重重地压在他那饱尝鞭笞、流血流汗、不停反抗的瘦骨嶙峋的身上。蒂·诺埃尔耗尽了他继承的财富，现在他已贫困到了极点，但他还是留下了同样多的财富。他行将就木。此时他明白了人永远也不知道自己为谁辛苦，为谁等待。人是为了与自己永不相识的人而吃苦、期待和辛劳的；而这些人同样在为另外一些像他们一样不幸的人吃苦、期待和辛劳。因为人总是希望得到一种比自己所能得到的更大的幸福。而人的伟大恰恰在于他有改善境遇的意愿,在于他有奋争的意愿。天国里没有要建立的伟大业绩,因为那里只有一成不变的等级、已被揭示的秘密和永无止息的生命,在那里既不可能献身,也不会有休息和欢愉。因此,历尽艰辛、不断苦斗的人,身虽贫贱而心灵高尚、饱经沧桑而爱心未泯的人,只能在这个人间王国找到自己的伟大之处,达到最高点。

蒂·诺埃尔爬上桌子,长满茧子的双脚踩在细木家具上。在法兰西角的方向,天空像是被大火的烟熏黑了那样,这情形酷似山上和海边响起声声螺号的那个夜晚。老人向新主人宣战,命令他的人民向那些得了高官厚禄的黑白混血种人的威风凛凛的建筑发起进攻。就在这时,从大洋掀起的一阵夹着绿色海水的大风呼啸着吹进东东谷地,刮到北部平原。主教帽山山顶上被屠宰的公牛再次发出阵阵咆哮;与此同时,老庄园的残垣断壁整个倒塌,软椅、屏风、一卷卷《百科全书》、八音盒、玩具娃娃、翻车鲀统统飞散,所有的树木被连根拔起,树冠向南横倒在地。整整一夜,被风刮起的海水化作大雨,在一个个山坡上留下条条盐迹。

从那天夜晚起,再也没有人知道蒂·诺埃尔连同他那件袖口带有鲑鱼肉色饰边的绿色外套的去向,也许那只不放过任何死人的兀鹫是个例外，那兀鹫张开翅膀等待日出，然后收拢它的羽毛十字架，飞进了茂密的鳄鱼林。

一九四八年三月十六日脱稿于加拉加斯